お銀ちゃんの明治舶来たべもの帖

柊サナカ

PHP
文芸文庫

○本表紙デザイン＋ロゴ＝川上成夫

目次

第一話　夢とあこがれ、新宿高野のバナナ騒動

何はともあれ、バナナである。

昼休みの教室、女子写真伝習所《でんしゅうじょ》の本科生たちは、机の上に握り飯やら弁当やらを思い思いに広げている。

「またお銀《ぎん》ちゃんの食べ物の話か」と言いたげな目で見てくる友人二人に向かって、夏山《なつやま》銀は指先で宙に大きく、三日月に似た形を描いた。

「形は、まずこんなように曲がっているという話」

厳《おごそ》かに言う。

「雰囲気がきゅうりに似てるかも、同じウリ科の仲間?」と基美《きみ》がいつものようにか細い声で聞くと、銀は目を剝《む》いた。

「きゅうりは緑。バナナは――」ここで、銀は聞いて驚くな、というように声をひそめた。「皮が黄色で。中は、白い」

うん……、と基美はその舶来《はくらい》のバナナとやらをうまく想像できぬようで、銀が宙に描いた三日月のあたりをぼんやりと眺めている。

「そして。すこぶる甘いという噂」

「甘いの? なんだろう、お芋みたいな果物かしら」

「いやいや芋のたぐいではないらしい。なんでも南国の高い木の上にたくさんなっていて、舌触りはやわらかく、ねっとりとしているという。ねっとりして、しかも、甘い」

銀も、その宙に描いた三日月を眺め、未知なるバナナを想像で追うように、遠い目をした。

「お銀ちゃんは、いつも本当に色気より食い気ねえ」と、シズが髪のリボンの傾きを直しながら笑う。

朝から銀が大騒ぎしているのは、果物専門店の名門、新宿高野《しんじゅくたかの》に、ついに「バナナ」なる珍奇な果実が輸入されたという報せを聞いたからだった。

銀は、女子写真伝習所の入所時、顔合わせの自己紹介の時も「わたくしが本伝習所で写真師を目指しましたわけは、世界を駆けめぐるような、女性写真師となるためでございます！」と、りりしく眉毛をつり上げ、燃えるような目をして言った。

おお……と、その志の高さに教室の皆はどよめいて、教壇で聞いていた伝習所の長、鈴木真一《すずきしんいち》先生も、白髪頭でうんうんと頷いて目を細めた。

洋行など、上流階級の子女でもまだ難しい時代、庶民なんて、一生金を貯めても行けそうにない。しかし何か特別に手に職があれば、万にひとつでも、その願いは叶えられるかもしれない。

「夏山さん、素晴らしい。女性記者に同行して写真を撮ったりと、今後、女性写真師の活躍の場も増えてくることでしょう。夏山さんが日本女性、第一号になるやもしれません。して夏山さんは、どうして海外に興味を?」と鈴木先生が問うと、教室の視線がひとところに集まる。こいつできるな、という空気が、教室に一瞬にしてできあがったのである。

「――なぜなら、欧州にも米国にも、まだわたくしが食べたことのない美味なる食べ物が、山ほどあるからでございます。まず仏蘭西《ふらんす》の、口の中でとろりとろけて消えるという甘味のババローム。そして米国の洋風卵蒸しである、甘栗のプデン。歯の間でさくりとほどけるらしいリンゴのターツ菓子。それに……」と、銀が拳を握りしめ続ける。

鈴木先生は、額に手をやりつつ「はい夏山さん、ええと、食べ物の話はもうそのあたりで結構です、まあしっかり精進して、立派な写真師になってください」と締めた。

銀たちが学んでいるのは、日本で最初に設立された、女子が写真を学べるという「女子写真伝習所」だ。

牛込西五軒町《うしごめにしごけんちょう》に、明治三十五年の今年に設立されたばかり。きょうび女子向けの仕事というと教員、看護婦、電話交換手、郵便局員、髪結いに芸妓など。その他は女中奉公や、農家や商家などの家業の手伝いに内職、女工などが主だった。そんな風に、ごくごく職業が限られていた中で、女子の新職業のひとつとして注目された職業が「写真師」だ。もちろん、自分で写真館を構えようとするなら莫大な資金がかかるのだが、写真が一般化されるにつれ、写真館も増え、写真修整などの専門技術を持つ技師の募集も増えてきたのだった。写真の世界にいまだ女性は少なかったが、手先の細かく、繊細な感覚を持つ女子は修整技術に向いていると考えられていた。撮影時、ご婦人、令嬢の着物や洋装の裾や袖、身体の傾きなどを直す撮影助手としても、写真の技術を持つ女子は重宝された。

小さな箱のような形をし、比較的安価で、手のひらでも持てるような写真機、手提暗箱《てさげあんばこ》が、明治二十年代から売られ始めたこともあって、素人写真師《アマチユアカメラマン》も少しずつ増えてはいたが、写真機や乾板《かんぱん》、暗室用具自体も高価で取り扱いも少なかった。まだまだ写真は一般的には普及せず、写真撮影や現像技術は特殊技能のひとつとされていた。

写真術を習得するために集まった女子は本科生、二十名。尋常《じんじよう》小学校を卒業した年頃の女子が多く、少し年上もいる。本科生は二年間で写真に関する技術を身につける。月謝は一円五十銭、教材教具の経費は除く。名門女学校のように高額な月謝ではないが、小学校教員の初任給が九円程度だと考えると、庶民の家庭で捻出《ねんしゅつ》するには、なかなか大変な額ではあった。

本科生は毎日、午前三時間、お昼休みを挟んで二時間、みっちりと写真術と一般教養を学ぶ。学習内容は撮影、現像や照明、写真修整術などの実技から、接客法、薬学に写真史、修身、算術、語学などの一般教養科目まで、多岐にわたる。

食いしん坊なら一等賞・夏山銀。いつも物静かで眼鏡の本科生首席の才女・角原《すみはら》基美。元一番人気芸妓だったという水野《みずの》シズの三人は、背丈も銀から小・中・大。髪も、油断したらぴんぴん立つ剛毛、ゆるいくせ毛、軟毛。体型も普通、痩せ、ぽっちゃり。性格も、形で言うと○と△と□くらいに見事に違うのだが、なぜだか気が合って仲良し三人組、いつも一緒にお弁当を食べている。

シズが食べ終わった握り飯の竹の皮を丁寧に畳みつつ、「お銀ちゃん、どうしてそんなに食べ物が気になるの。別に、飲み込んでお腹に入ったらみんな同じだし、甘かろうが辛かろうが、どうってことないんじゃないの」と言う。シズは、顔も指も、全体が白くふっくりもちもちしていて、この三人の中では一番食べることが好きそうに見えるのだが、食べ物に対してはまったくの無頓着《むとんちゃく》だった。銀が、握り飯を口に頬張ったまま立ち上がりかけるので、シズも基美も、まあまあとなだめる。急いで飲み込んで、どんどんと胸のあたりを叩いている。

「だって！　この世には、まだわたしの食べたことのない美味しいものが、山ほどあるでしょ、それがどんな味なのか、どんな風に美味しいのか、どんな舌触りなのか嚙みごたえなのか、匂いはどんなだろうとか、一度気になったら眠れないくらい気になるの！」

シズと基美は、にやにやしている。

「基美ちゃんもシズさんも気にならないの、だってそれが、ものすごく美味しかったらどうする？　人生で一等美味しいという可能性もある。それを知らないままに月日が過ぎていくなんて、わたしにはとうてい耐えられない、ああ、耐えられない」

「そうね。まあ干し柿でも食べてたらいいわよ、安いし、甘くてねっとりよ」とシズが言うも、「違う！」キッとなって、銀は想像のバナナを宙に思い浮かべる。「南国の光と風が育てた果実のバナナは、それはそれは美味しいに違いない、きっと太陽の味がするんだ……」

基美は首をかしげる。「でもね お銀ちゃん、あの新宿高野の果物でしょ、華族のお家のご進物《しんもつ》にも使うくらいだから、高級品も多いと思うの。それに、舶来の果物だったら、たったの一本でも、きっと、ものすごくお高いのじゃないかしら」

銀は袂《たもと》から、小銭を入れた巾着を取り出した。

「こんなこともあろうかと、貯めに貯めた小遣いを使うときが今、来た……」

得意げにじゃりんと鳴らす。今日、帰りに銀が新宿高野に偵察《ていさつ》に行き、バナナの一本でも味見してくるというので、基美もシズも付いていくことにしたのだった。

銀たちも流行の海老茶《えびちゃ》色の袴に着物、結った髪にはリボンという、いわゆる女学校にいる女学生風のなりをしているが、名家の令嬢が通う女学校などと決定的に違うのは、銀たちが「職業婦人」を目指しているところ。女子で手に専門の職を付けたいと志すのは、女子の中でもまだまだごく少数派だった。「職業婦人」という言葉には、家柄も悪く、貧乏でろくな嫁《とつ》ぎ先もないから、仕方なく自活するのだ、お気の毒に、というようなうっすらとした偏見の目もあった。

そういった時代の雰囲気の中、わざわざ職業婦人のなかでも、新職業の写真師を志そうと集まってきた女子達なので、個性派ぞろいだった。

銀の家は絵師——絵師と言えば聞こえは良いが、まあ芸術家と言うよりは、図案家かポンチ絵本のポンチ絵職人——姉は職人の伝《つて》ですでに嫁に行き、銀はその家の次女として生まれた。父親が受けた仕事の中に、洋食関連の図案があり、元来、食いしん坊だった銀は、見たこともない、それでいてとにかく美味そうな未知の食べ物の描写に心を射貫《いぬ》かれてしまった。

銀は最初、絵は得意なので自分もポンチ絵をやろうかと考えていた。見るも珍しい舶来の、最新の食文化につぎつぎ触れることもできるかもしれないし、もしかして見本をたらふく食えるのではないかと思ってのことだ。絵なら描くのにはそれなりに時間が掛かるが、写真なら絵よりも早く、たくさんの食べ物を撮ることもできるだろう。それだけ見本を食える機会も増えようというもの。

ポンチ絵職人の父親は、出版物にもこれだけ写真関係の仕事が増えてきたのなら、それなりに需要もあるのだろうと考え、銀が「最新の写真技能を身に着けて、世間様のお役に立ちたいです」と、写真をやりたいと言ったときも、二つ返事で入所を許した。

友人の基美は、幼少から体が弱く、控えめな性格に育ったが、勉強がとてもでき、村きっての神童だと騒がれたため、周りからは女子師範《しはん》学校に通うことを薦《すす》められていた。そのことで、両親ともずいぶん揉《も》めたようだ。堅実な道があるのにどうしてそちらに進まず、なぜわけのわからぬ新職業などを目指すのか。身体も弱いのに、などと反対され続け、今でも心からの応援はされていないらしい。それでも基美は頑として写真の道は譲らなかった。わたしには、どうしても撮りたいものがあるから、と言う。一枚の写真で、この社会の何かが変わることもきっとあるからと。

基美は栃木の山深い村の出身で、たまに栃木訛《なま》りが顔を出す。叔母の家の一室を間借りさせてもらって、倹約しながら伝習所に通っている。

シズに至っては幼い頃に流行熱で立て続けに父母を亡くし、年の離れた姉と姉妹で芸妓をして暮らしていた。姉がまあまあのところに落籍《ひか》されてから、妹のシズはきっぱりと芸妓をやめ、写真師を志すようになったのだった。自分の手で月謝や入学金なりの支度金《したくきん》を準備したというしっかり者だ。

シズの目標は結婚だ。ただの結婚ではない。知り合いの誰よりも豪奢《ごうしゃ》な、誰もが目を剝いてうらやむような裕福な家に嫁ぐこと。そのための手段としての写真術である。そのまま芸妓を続けていれば、それなりの良縁もあろうという姉をはねつけての入所だった。シズは言い放つ。誰かに声をかけられるまでじっと待つ、そんな待ちの姿勢で良縁など摑めるものか。当時、写真趣味にはまる者は金持ち、それも大金持ちと決まっていた。写真館に来る客も銭の臭いがする者が多い。家柄も普通の自分が、人と同じことをしていては埋もれるのみ。シズは攻めの姿勢で、自ら良縁を摑みに行くことを決めたのだった。

というように、三者三様、それぞれ壮大なる決意を胸に秘めての写真伝習所、入所だったが、夢はあっても金はなし。なので、新宿高野——日本で三つ、果物屋をあげろと言われたら、必ず名前が挙がる、果物専門店の名門——その新宿高野にも、三人ともいままで一度も縁が無かった。伝習所から一時間ほどかけて、青梅街《おうめかい》道《どう》を歩いていく道すがら、三人とも未知なるバナナがどんなものなのか想像しながら、味や形をああだろうか、こうだろうかとおしゃべりする。はやり歌「大楠公《だいなんこう》の歌」の歌詞、〝青葉茂れる桜井の〜〟を〝バナナ茂れる桜井の〜〟と、替え歌で歌ったりして、三人でけらけら笑った。

牛屋の原には、桜の木が多かったが、残念ながらもう散って、青々とした葉が出ている。ポンプ置き場の向こうに、おばけまんじゅう屋が見える。おばけまんじゅう屋は、道に列がはみ出すほど客でにぎわっていた。

「基美ちゃん、ちょっとこのあたりで座る？」とシズが言う。だいぶ歩いたので、シズはさりげなく基美の身体を案じているようだった。基美は、あまりに疲れると咳《せき》が止まらなくなることもあるのだが、天気も良く、ゆっくり歩いたせいか「ううん、まだ大丈夫だよ」と言って笑った。

新宿駅は、駅周りの道路沿いこそ、商店がたくさん並んでいるが、その通りを一歩外れると、もう原っぱや茶畑が広がっているのんびりとした風景だった。子供たちが、おばけまんじゅう屋の奥の原っぱで、きゃあきゃあ言いながら遊んでいるのが見える。

旅館扇屋《おうぎや》を通り過ぎたら、牛めし京極《きょうごく》が見えてきた。そろいの印ばんてんを着て、赤黒く日焼けした筋骨たくましい川並《かわなみ》——筏《いかだ》乗りたちが、牛めしをほれぼれする速さで口へとかきこんでいる。筏乗りたちは、青梅から木場《きば》あたりまで筏に乗って木材を運び、戻りはチンチン電車で新宿に寄るらしいので、一仕事終えたら、この沿道で仕事の疲れを癒《いや》すのだろう。

やがてユビサシ横丁の四つ角に、山にキの印も誇らしげに、新宿高野の「和洋果物問屋」という日立つ看板が見えてきた。軒下に、ずらりと色とりどりの果物が見えたときには、銀は走らんばかりの早足になっていた。基美もシズも「お銀ちゃん、ちょっと待ってよう」とついていく。

新宿高野は、間口三間半（約六メートル）、奥行き三間ほどの店構えなのだが、その品ぞろえはすばらしく、店の床が見えないほどに、どこもかしこもつやつやした果物の色彩でぎっしり埋め尽くされている。

蜜柑《みかん》が表に、黄色い山のように積まれているのだが、その蜜柑がまたよく売れる。子供も、おかみさんも、車夫もどんどん買っていく。店員さんの仕着せは、股《もも》引《ひき》に足首までの長い前掛け。はんてんみたいな上着は、紺と白の縞《しま》がスキッとしていて、衿《えり》には果実問屋高野の屋号が入っている。その店員さんが蜜柑を、古い官報を張り合わせた紙袋に入れて、ハイッ、ありがとうございます、ハイッ、ありがとうございます、ときびきびお客に渡している。

柱に大きく「学習院御用《がくしゅういん》」という木看板があるのを見ると、学習院の人々もよくここを利用しているようだった。他にも桜桃《おうとう》の山、ぐみ、びわもかごにぎっしりと並べられ、あと、数は少ないがいちごもあった。

果物に上座も下座もないのだろうが、奥の一番上座のようなところに、分厚い緋《ひ》毛氈《もうせん》が敷かれ、その上に桐《きり》の台、そのバナナなる果実は、すべての果物を睥睨《へいげい》する王のように鎮座《ちんざ》していた。

その黄色の肌の美しいこと！　鮮やかなること！　その妙《たえ》なる曲線のかさなりの優美さ、しっとりとした表面の質感。銀はそのバナナを前に、立ち尽くしていた。

「ようこそおいでなすった……はるばる日本まで……」などと独りごちる。台湾《たいわん》からまず神戸に入荷され、そこから東京まで運ばれてきたのだから、バナナも長旅だ。

前掛けをかけた店員が、銀たちに「いらっしゃいませ」とにこやかに言う。「バナナをくださいい」と銀が言い、店員は「一房になさいますか、一本になさいますか」と問うた。「一本おいくらですか」と聞くと、「ハイ、二円でございます」と言う。

二円。

写真伝習所の一ヶ月の月謝が一円五十銭なので、べらぼうに高い。それはそれは高い。さすが輸入果物。こんな上座の桐の台の上に置かれるわけだ。銀がきんちゃくの小銭を数えて見るまでもなく、三人分の小銭を合わせようとも、絶対に足りないことだけはわかった。

それでも銀はあきらめない。「いやあ、なんとマア美しい黄色でしょう。このキリッとした澄んだ黄色。さすが舶来の、バナナでございますよねえ」と言う。店員も「ハイご好評いただいております」と澄まして答える。「このシュッとした曲線なんてまあ、日本では見たこともありませんねえ、さすがは南国の果物ですよ」と、バナナの前を左右に行ったり来たりしながら褒める。銀は今までも、栗や西瓜《すいか》などを「こんなに甘そうな西瓜は生まれてから一度も見たことがない。この赤い色なんて日本一じゃないだろうか、いや世界一では？」と、店先で言葉をつくして褒《ほ》め讃《たた》え、「ハハハお嬢ちゃんそれほど言うならすこしあげるよ」と、ちょっと切って一口もらったりしていた。しかしどれだけバナナを褒め讃えても、肝心の「お嬢ちゃんそれほど言うならすこしあげるよ」が出てこない。

「……じゃあすみません、一本の、二十五分の一本ください」などと銀が言おうとしていると、「そのバナナをくれ」という、髭《ひげ》の紳士の客が来て、銀たちはバナナの正面を譲った。「いかほどにしましょう」「どうしようか。じゃあこの一房を包んでくれ」「熟すといっそう美味しゅうございます。黒い点が出ますと、熟しましたという合図で食べ頃です。皮をむいて中の部分をお召し上がりください。へたをこのように倒すと皮はするりと自然とむけます」というやりとりを横目に、いったん新宿高野から退散したのだった。

銀は店を出てとぼとぼ歩いていたが、突然膝《ひざ》から崩れるようにして、往来で手を突いてオウオウ泣いた。通りすがりの人が見たら、親でも死んだのかと思うほどの哀しみぶりだった。

「ちょっと、お銀ちゃん泣かないでよう」

地面に涙が落ちて、水玉模様を作っている。

「お金、ぜんぜん足りないんだからもうあきらめなさいよ。あんなの別に芋の味と同じでしょうよ、きっと」

銀は嗚咽《おえつ》を漏らしながら「なぜにわたしは富豪《ふごう》の家に生まれなかったんだろう……目の前に、ほんとうに手の届くところにバナナがあったのに、何のにおいも嗅《か》げもしないまま、少しの味見をすることもないまま……あんな黄色い姿をして、どんな味かはわからないなんて……こんな話があるだろうか……熟すともっと甘くなるってどう甘くなるんだろう……あの紳士の家の子に生まれたらよかった……いや猫とかでもいい……」

などとしきりに身の上を嘆《なげ》いていたが、その銀がはっと泣き止んだ。

「お銀ちゃん？　大丈夫？」

「ようやくあきらめたの、さあもう帰りましょ」

銀は袂で顔の涙を拭うと、射貫くような目で、バナナが鎮座する新宿高野の方角を見つめた。

「お金が無ければ、作れば良いんだ」

シズが「何言ってんの、そんなの無理よう、二円なんて、新橋《しんばし》で一日お座敷《ざしき》に出たってそんなにもらえないんだから。馬鹿なこと言ってないであきらめなさいよ」

「お銀ちゃん、二円なんて、わたしたちにはどうやっても無理なんだから」

わたしにゃ策がある、と銀が言い、三人頭を寄せ合って何事かを話し始めた――。


基美がたすき掛けして、木の板に大きく一気に墨書きした。さすがに書写でも一等の基美の筆跡は伸びやかで、見ていても惚《ほ》れ惚れする。

【写真よろづ相談所　どのやうなお悩みでもたちどころに解決】

書き終えて筆を整えながらも、基美は不安げに、「どのようなお悩みでもたちどころに解決、なんて、本当に看板に書いてしまって良いものかしら……だってわたしたち、まだ学生の身分でしょ。それも撮影実習が始まったばかりだし」と小さな声で言う。

「そうよう、先生にばれたら大目玉ぐらいじゃ済まないかも」とシズも、辺りを気にしてチラチラ見回している。

銀たちが通う女子写真伝習所は、りっぱな校門を持つ、横長の校舎だ。三角屋根の玄関ポーチに、瓦葺《かわらぶき》の屋根。中に入ると、右手には講義室が並び、左手には、複数人で写真撮影実習ができる大きな写場がある。八畳の広さを持つ暗室に、修整室などもそろっている。わざわざ地下水が豊富に出るところを探して建てたらしく、ありがたいことに、印画洗《いんがあら》い場《ば》の水の量も豊富だった。

東京の写真学校はこれまでにも、東京高等工学校の製版部に、新設の写真科があるにはあったが、補修夜学の臨時扱いだった。この伝習所は最初から、新時代の女子の写真教育のためにと開設されており、写真を習うための専用の設備が、はじめからしっかりと整っていた。

三人がいるここは、女子写真伝習所の建物の裏手、用具置き場だ。大型の荷物などを搬送する以外には、平時、裏口は閉鎖されている。その裏口脇の物置を勝手に拝借して、中にあった清掃用具等を端に移動、立てかけてあった椅子を三つ配置、机も配置、写真よろづ相談所を、まるで女子写真伝習所認可の相談所であるかのごとくに、勝手に開設したのだった。今、基美が書いていたのは表に出す看板だ。

【写真よろづ相談所　どのやうなお悩みでもたちどころに解決】なるほど、看板ができると、いっそう本式の相談所らしく見えてくる。銀はそこの椅子に腰掛けて、数年前から相談所の相談員であったかのように、きりっとした顔で机に手を重ねた。

「ねえお銀ちゃん、本当にうまくいくのかしら……」

「いいのいいの、ほら、一般の方は、写真術なんてご存じないから、そこはわたしたちの培《つちか》った知識と経験でどうとでもなるに決まってる」と銀は胸を張る。

板を指でなすって、墨が乾いたことを確かめると、さて、という顔で銀はその看板を表に立てかけた。

「お銀ちゃん、やっぱり先生に見つかったら叱られるわよ」と、シズも不安げに止めるが、銀は、「こんなこともあろうかと、先生方のお宅の方面は調べてある。監督の鈴木先生は四時ごろ、主監の河村《かわむら》先生も、講師の矢田《やだ》先生も表口を右手に、大通りへ出てお帰りになる。わざわざ裏手までは来ないのは調べ済み」と言って、悪い顔でにやりと笑う。

銀は、和紙をこよりで綴《と》じた帳面を懐から出してきた。おもむろに開くと、バナナの絵が描いてある。つやつやとした皮に曲線の重なり……。

「上手いわねえ」「お銀ちゃん描いたの、上手いものねえ」と、シズも基美も感心するほど上手く描けている。横には〔未熟なれば皮に点なし〕〔優美なる皮の艶〕などと質感なども書いてある。〔果物の王者たる風格〕。

「バナナを忘れないうちに、記憶の確かなうちに描いて、心に刻んでおこうと思って。食べたいものは、みんなここへ書きつけることにした」と言う。学業よりもよほど熱心である。基美が「それ、お銀ちゃんの【たべもの帖】ね」と笑った。

そうこうしているうちに、もう、「ごめんください」とお客らしき男が入ってきたので、三人とも慌てたが、銀は「い、いらっしゃいませ」と声を裏返させながら席に着いた。基美とシズは壁際で、直立不動でいる。

「どうぞおかけください」

お客は二十歳くらいの若い男で、渋い紺地の着物を着て、きょろきょろ落ち着きなく辺りを見回している。

「なんだかここ、物置……のようですね」

「ハイこちらは臨時に開設された相談所でございます。しかしながら、どんな写真のお悩みでも解決してしんぜましょう」

「あの……学生さんでしょうか」

客も不安げだ。それはそうだろう、相談所の扉を開けたら袴姿で束髪《そくはつ》の女学生三人が、わたわたしながらいるのだから。

「ええ。見ての通り我らは学生ですが、市民のため持てる力を発揮し、人助けをしたいとかねてから願っておりましたゆえ、この相談所開設と相成りました。わたくしどもの願いは、ひとえに市民の幸福です」

（嘘つけ願いはバナナのくせに）という目で基美とシズが見てくるが、気にせず澄ました顔でいる。

「秘密は守っていただけるんでしょうか」

「それはもう。秘密厳守ということは、写真術でも一番最初に習うことでございます」

男が自分の指先に視線を落とし、急にそわそわし始める。

「あの。写真が欲しいのですが」

「ほう。写真が。ではお撮りしましょうか」

「いえいえ、わたしのじゃなくて、こちらに通っていらっしゃる方の写真が欲しくて……今まで何度か声をかけようとしたのですが、いつも歩みを早めて行ってしまいになります。だから、せめて、写真だけでも側に置いておけたらと」

銀はうんうんと頷いた。「わかります、あなた様のお気持ちが。夢に出るくらい恋しくて、少しだけでも側に行きたいというお気持ち」

男はそこでぱっと顔色を明るくして「そうでしょうそうでしょう、もう苦しくて仕方がない。苦しみのあまり目を閉じるも、まぶたにも、あの方のお姿が浮かぶんです」

「わたしもです」銀も深く頷いた。「一度でも良いから食べて――」「食べる?」怪訝《けげん》な顔でいる男に、銀は慌てて「いえいえ。こちらの話です。ですので、写真でも良いからそばにという、あなた様の気持ちは、とてもよく理解できます」と頷いた。

「して、どなたの写真をご所望でしょう」

「あの、いつも首に襟巻《えりま》きをしている、あの方の写真を」

シズが横から口を挟んだ。「初美京香《はつみきょうか》さんでしょう。〝襟巻きの君〟」

――襟巻きの君。食べ物以外の噂話には疎《うと》い銀だが、さすがに京香のことは知っていた。すらりとした体つきに、憂《うれ》いを秘めた切れ長の目、大病をわずらい、喉の大手術をしたとかで、傷跡を隠すためにか、いつも長い首に包帯を巻いている。若い身で包帯を巻いていると、じろじろと見られるのを嫌ってか、その包帯の上から薄い布で襟巻きをしている。着物も、いつも深い色のものを、さらりと着こなす渋好み。濃い色の着物に映える白い肌に黒髪、何もかもが美しく調和している。

喉に後遺症が残ったのだろう、いつも小さな囁《ささや》き声か、筆談で話す姿も、何やらはかなげで神秘的に見え、銀たちが本科生、京香が実務科で科が違うのにもかかわらず、学生の中で京香はとても人気があった。用も無いのに、真似して布を喉に巻く学生も出るくらいだった。しかしながら、その首のすらりとした長さがなければ、まったく似合わず、風邪の時に喉が痛くて長ネギを巻いた、気の毒な姿にしか見えないのだった。

「京香さんはお美しいだけじゃなくて、勉学も素晴らしくおできになるんですの」

基美が控《ひか》えめに付け足す。栃木でいた頃には、誰よりも勉学には秀でていた基美だったので、入学試験で、本科首席と知らされたときも、さして驚きはなかった。しかしながら、成績上では、実のところ、自分が二番であったことを知らされる。僅差だったが、実務科の京香が成績の上では一番だったのだ。

誰とも親しくせず群れず、ひとり無言で来て無言で帰る京香のその姿は、学生の中でも憧れの的。あれだけ魅力的ならば、往来で見初《みそ》められるのもまあ、無理はない。

「それでは、その京香さんのお写真をご所望ということで。しかしながら……難しいかもしれません。彼女はなかなか、軽々しく写真を撮らせてくれるような雰囲気のお方ではありませんから」

「そこをなんとか」

男は心底、写真が欲しいようだった。どこかで京香のことを見かけ、この世にこんなに美しいひとがいるなんてと一目ぼれし、東京中を何年も探し回って、ようやくこの伝習所に通っていることを突きとめたのだと言う。

「お金はいくらでも出します」と言い出して、銀の眉毛がぴくりと震えた。「そうですね、例えば……二円、などでも？」

いきなり大きく出たな、と壁際の二人も、固唾《かたず》を呑んで成り行きを見守っている。

「写真さえ手に入るなら、二円くらいなど、喜んでお出ししましょう」

銀は、半ば椅子から腰を浮かせながら言った。「いやりましょう！　彼女の写真を、必ずや撮ってまいります」

そんなわけで、【写真よろづ相談所】の最初の依頼は、伝習所一の美女である、初美京香の写真を撮ることに決定した。写真用乾板や印画紙などの実費は先払い、成功すれば二円が手に入る。三週間後の同じ曜日、同じ時間にこの物置で、写真と礼金の受け渡しをすることとなった。

シズが、「ねえねえ、みんな、さっきのお客さんの着ていた琉球の単衣《ひとえ》、見た？　青の色合いの見事な織りだったわよねえ、さすがは高林《たかばやし》商店……」と唸る。

銀が「美味そうだったね、着物の柄、桜団子なのかなあと思って見てた」それを聞くと、シズが呆《あき》れたように声を上げた。「団子？　あの柄が食べ物に見えるなんて、お銀ちゃんは本当に食いしん坊なんだから……」

男は高林昭博《あきひろ》と名乗った。シズの話によると、目黒の高林家は、維新後に急激に業績を伸ばした中規模の商店〈高林商店〉ということらしく、話を総合するに、高林はそこの次男坊ということらしい。

上流階級と言えば、華族――世襲の旧華族と、維新後に格上げとなった新華族が上流階級として世間では認知されており、華族の中でも時代の流れについて行けず、没落《ぼつらく》してしまうものがある一方で、急激に存在感を増してきたのが実業界の富裕層だった。新興《しんこう》の高林商店のような実業界の成功者は、上流階級とは言え、言ってしまえば成り上がりは成り上がり。伝統のある華族からは、何かと格下だと見下げられる存在ではあるのだが、そこは実業界の成功者ということで、次男坊の昭博も、二円を何事もなくぽんと出せるくらい、金は有り余っているということだろう。

この女子写真伝習所でも、さっそく通所中に見初められたなどということはあって、早々に結婚が決まり、退所していった者もすでに数名いる。美貌《びぼう》の京香を見かけて、高林はすっかり参ってしまったようだった。

目立った美人というわけではないものの、着物の着方も髪の結い方も垢抜けているシズも、先日、ある筋から遠回しに申し込みがあったそうだが、「あんなの、まだ芸妓の頃に落籍されたほうが、まだましな程度のお家よ」と即座に断り、もっと上位の幸せを目指すため写真の学習にいそしんでいる。シズは銀たちより少し年上の分、男女のいろいろも直《じか》に見てきたようで、ただなんとなく、まあまあの所に妥《だ》協《きょう》してお嫁に行くなんてまっぴら御免、それならまだ独り身でいるほうがよっぽどましだと考えているようだった。

【写真よろづ相談所】依頼の件——まあ、銀たちは、そうはいっても学友、京香は写真くらい頼み込めば、一枚くらいは撮らせてくれるだろうと簡単に考えていたのだが、そうは問屋が卸《おろ》さなかった。

まずは写真機。この頃ちょうど舶来のロールフィルムが出始めており、写真材料商でもフィルムを扱うようにはなったが、それを使うのはアマチュアばかりだった。職業写真家が使うのは、依然として品質が安定しているガラス乾板だ。

手持ちで撮影できる、安価な手提暗箱という写真機もあるにはあったが、それは練習用とされ、レンズの描写も劣る代物だった。ただの金属の枠を覗いて、だいたいの構図をあわせ、うまく写っていれば儲《もう》けもの、といったような精度のものだ。

よって、写真館などで撮られる、失敗の許されない写真はガラス乾板で撮るのだが、乾板というのは、ガラスの板に写真乳剤《にゅうざい》を塗りつけて乾燥させたものなので、当たり前だが、一枚でもかなりの重みがある。それを数枚持つと、もうそれだけで、ずしりと手に来るくらい重い。取り扱いは割れぬように注意が必要だ。それだけでなく、光に少しでも当たると、乳剤が感光して使えなくなってしまう。

というわけで、ガラス乾板は、持ち運びにおいても、光が絶対に当たらないよう、分厚い紙箱に入れて、細心の注意を払って運ばなければならなかった。

職業写真家を目指す銀たちが毎日習っているのも、フィルムではなくこのガラス乾板だ。手札（80×105㎜）という、手のひらか、それよりも大きいくらいの乾板を用いる。乾板がそれだけ大きければ、必然的に、写真機も、一抱えもある木箱のような写真機となる。とはいえ、伝習所で使っている写真機は組み立て暗箱といって、持ち運びができるように一応は畳めるのだが、それでも木でできた写真機はかさばる上に、とても重い。

レンズも、真ちゅう製のずっしりとしたものだ。

それに、その大きな写真機は、手で持っては使えない。写真機自体を、木箱をよいしょと持つように、手で抱えることはできるかもしれないが、人間、どうやっても写真機を抱えたまま、完全に静止することは難しい。目に見えないくらいの、ほんのわずかな動きでも、写真機が動けば写真は台無しになってしまう。ブレて像がぼんやりしてしまうのだ。

そのため、写真機は必ず三脚の上で使わなければならない。木箱のような写真機を支えるための、がっしりとした木製の三脚も必要となる。風などで写真機ごと倒れたら大事なので、安定のために、三脚自体も頑丈で、かなりの大きさがある。

伝習所では、学生は申請をすれば伝習所所有の写真機を借りることができる。型落ちの組み立て暗箱である写真機と、三脚に、レンズ等もひとそろいそろって借りられるのはありがたい。それを「勉学のために」と申請して使うことにする。乾板と印画紙は、経費として前払いのお金で賄《まかな》った。

最初、手持ちできる手提暗箱をどこかから借りて使おうかという話も出たが、いざ現像して失敗だったからといって、京香は二度は撮らせてくれないだろうと考えた。ここは万全を期したい。ピントをきちんと合わせられるのは、学校で使うような大きな木箱の写真機だけだ。

銀たちの計画した手順はこうだ。

まず伝習所暗室で、ガラス乾板を木枠に設置する。道ばたに三脚を立て、その上に写真機を組み立てて設置、レンズを装着。だいたいの光の強さを見極めながら、レンズの絞りなどを調節。京香を誘導し、壁の前に立ってもらって、ポウズをとってもらう。黒い冠《かむ》り布《ぬの》を頭から被って、注意深く京香の目にピントを合わせる。構図もポウズもすべてが完璧になったら、そこではじめて、写真機に乾板の木枠を取り付ける。撮影者はシャッターを切り、撮影する。

撮影が終わったら次は現像だ。ガラス乾板を、伝習所の暗室で現像する。乾板を薬品につけ、定着、水洗などの処理を済ませると、ガラスの上には、撮影した京香の姿が生き生きと写しだされている。

まだ、これで完成ではない。ガラス乾板は、暗い所は明るく、明るい所は暗く写る陰画《ネガ》だから、そのままでは見られない。

なので、印画紙という紙の上に、その京香が写ったガラス乾板を載せ、太陽光で印画紙に焼き付けるという、紙取り《プリント》を行う。それをまた暗室で現像して、写真の台紙に貼りつけて終了。このように、乾板と印画紙、二回現像して、やっと写真の完成となる。この手順、ピントの合わせ方、薬品の配合に温度、それらを一つでも間違えれば写真は完成しない。写真が特殊技能とされるゆえんである。

最後に、種板《たねいた》であるガラス乾板もネガとして木枠に入れて、ようやく完成という案配となる。さっと撮ってさっと終わり、というわけではなく、写真一枚撮るのも、非常に手間と時間、労力がかかる。

なので、写真機の構造上、京香に気づかれずにサッと隠し撮りなどはとうてい無理な話で、京香には、まずどうしても、写真機の前に、数秒でもポウズを取って立ってもらう必要があった。

まずは当の京香に、お伺いを立てることになった。

京香は本科生ではなく、実務科なので、伝習所に来る時間帯が違う。時間を見計らって外で待ち伏せした。

流行りの袴を身に着けず、風呂敷《ふろしき》を小脇にすっすっと歩く姿も、さすがに何というか優雅で、これは見初められるのもわかるなあ、という気分になり、銀は一瞬気後れしたが、そこはバナナ食べたさに、京香の面前に、ずいと一歩を踏み出した。

京香のほうが背が高いので、見下ろされる雰囲気になり、睫毛《まつげ》が長いことにも、道端の石ころでも見るような眼差しが、ただただ美しいことにもどぎまぎする。

「あの、ええと、すみません、わたくし、夏山銀と申す本科生のものでございます。写真の勉強をしようと思い立ち、学友の写真を撮らせていただいて、精進しようと思っているものです。つきましては、えー、初美京香さまの写真も、ぜひ撮らせていただければと」

京香は少し首をかしげた。喉の辺りを触っている。そこでちらりと視線を銀の背後のシズと基美のほうに走らせた。（なんでその後ろに控えているのを撮らないのか）と言いたげだ。

銀が二人に視線をやって、「ええとこちらは写真助手でございますので。つきましては、あの、ぜひお写真をですね」と、もう一度視線を戻すと、もういない。

慌てて後ろから「京香さまお写真をお写真を」と追いかける。「裏手の物置小屋でお待ち申し上げていますから！」と後ろ姿に声を掛けるも、そのまま振り向かずに行ってしまう。

三人で目を見合わせた。

「後で相談所の部屋に来てくださるかな……」「まあ無理でしょう」「無理よね」

シズは、「それよりも見た？　あの色合わせと織り、近くで見たけどただ者じゃないわよ、紅鳩羽《べにはとば》にそろいの襟巻き、草履の鼻緒は勝色絹《かちいろきぬ》、一見地味だけど色合わせも調和しているし、よい物を着ていたわ。本当に何者なんだろう。わたしは着方で、だいたいのその人となりがわかるんだけど、京香さまに至っては、まったく背景がわからない。髪型も見たでしょ、あの細面に合うように横の鬢《びん》を豊かに出して、前髪はこう、毛筋を立てて、新式かもじを中に少し入れて形良くしつつ、それでいて全体は低くしてあるのね。長身に似合うものを、本当に知ってるのよ。手強いわ」と、感嘆のため息をつく。

シズはあまり人の着方を褒めることはしないのだが、京香の着こなしについては手放しで褒めているところを見ると、本当に着こなしがうまいのだろう。

誰とも仲良くせず、雑談一つしないこともあって、京香の生い立ちや住むところ、親の職業に関しても誰も知らず、その存在はまったくの謎なのだった。

昼休み、銀たちがまた握り飯と弁当を広げて食べていると、ある級友がこちらへやってきて、「あのね」と言い、銀たちのほうを見るや、ぷっと吹き出す。「あら失礼」と言い、またこらえきれぬようで、一度袂で顔を覆ってから、息を整えて、一枚の紙を差し出してきた。

「あの、京香さまがね、この言づてをと。それでね、わたし〝級友のどなたに渡しましょうか〟と伺ったらね、京香さま、お銀ちゃん達の名前が、わからなかったみたいで」肩がぷるぷる震えている。「しばらくお考えになって、小さな囁き声で、〝見ざる言わざる聞かざるみたいな三人組に〟って言うから、もうわたしさっきから、おかしくっておかしくって」

「まあッ何ですって」と、シズがぷりぷり怒りながら紙をひったくるように取った。「このわたしまで猿と一緒にするなんて」言いながら紙を見て、「あら？」と紙をこちらに渡してきた。

問余何意栖碧山
笑而不答心自閑
桃花流水杳然去
別有天地非人間

などと、ずらずらと漢字ばかりが塊のように書き並べてある。達筆だ。

「あっ、ここに桃っていう漢字がある、これは桃をくれたら撮らせてやろうっていう意味？　京香さま桃好きなのかな？　まあ桃ならわたしも好きだけど」

と、銀が言うも、基美は受け取ったその紙を手に、ぶるぶる震えていた。

「これは李白《りはく》の山中問答……」見れば基美は、悔しさのあまり震えているようだ。いつもおとなしい基美にしては珍しい。

「桃は美味いという話？」

「違うッ！」珍しく大きな声を出したのでせき込んでいる。「お銀ちゃん知らないの？　桃花流水《とうかりゅうすい》よ、〝お前らと、わたしとは住んでる世界が違う、俗人の問いには、のどかな気持ちで笑って答えず〟という意味」

「ということは、つまりは断ってるってこと？」

「猛烈《もうれつ》に、痛烈にお断りってこと。しかも漢詩を送ってよこすなんて、これはわたしに対する挑戦に違いない……しかしながらこの筆跡もなんて綺麗なのかしら……キィ悔しい悔しい」と基美は基美で悔しがっている。

印画紙《プリント》に写真を焼きつけるには、太陽光がいる。雨の日は無理で、曇りの日にもよい紙取りはできない。できるなら、今日のうちに京香の写真を撮っておかないと、梅雨に入りそうな今では、今度、いつ焼き付けができるかわからない。

銀たちは、機材を揃えて京香の後をつけていけば、うまく写真を撮る機会がめぐって来るかもしれないと考えた。だまし討ちのようになってしまうが、なんとか往来に写真機を設置して、京香を誘導し、うまく撮影できやしないか。

銀は、重くて長い木製三脚を畳んで、「絵本西遊記《さいゆうき》」の孫悟空《そんごくう》の棒のごとく、背中に斜めに背負い、基美は基美で木箱のような組み立て暗箱を背負い、まるで行商人。シズはレンズや乾板など、割れぬよう桐箱に収められた、重みのある小物を一式、夜逃げのように風呂敷包みで背負う。三人で見つからぬように距離を取り、京香のあとをつけることにした。京香は背も高ければ脚も長いのか、滑るように優雅に歩いて行く。三人たちは、たまに小走りになり、基美の咳も案じながら、京香の首の襟巻きを目印に、路地を進んでいく。

道の側を、御免《ごめん》よっ、御免よっ！　と声を掛けながら人力車が追い越していく。団子屋の甘辛いタレの匂いに気を取られつつ、銀たちは京香の後をつける。

ずいぶん歩いた後で、京香は細い路地に入っていった。

ふと見ればそこは、そこらじゅうの塵芥《ちりあくた》を掃いて集めたような、あばら家が立ち並ぶ一角だった。元は家屋だったのだろうか、腐った土台があり、襤褸《ぼろ》をまとった人たち、汚れた腰巻一つの女がゆらゆら歩いている。雨降りでもないのに、地面の土がぬかるんで臭う。あちらこちらから残飯を集めてきて、ごった煮の雑炊にしたような残飯屋に、人が群がっている。銀たちは、あちこちから視線を感じて、立ち止まった。

京香の襟巻きだけに注目していたので、辺りを見れば、安酒場や、何やら怪しげな店が立ち並ぶ、ずいぶんと柄の悪そうな土地に来てしまっていたようだった。黒雲が立ちこめ、空が低い。

「京香さん、こんなところに住んでるわけじゃないわよね……」シズが、背中の風呂敷を背負いなおしながら、心配そうに言う。肝心の京香の姿は見失ってしまった。

「おっ、海老茶袴たち、こんなところで何してんだ」

まだ夜にもなっていないというのに、赤ら顔をした完全な酔っ払いが、にやにやしながら声をかけてくる。

シズが、ひるまずに「ええ、ちょっと学友を訪ねに。では」などと言うも、つぎつぎに集まってきた酔っぱらい達が、酒臭い息を吐きながら距離を詰めてくる。

「おお、よく見れば良いもの持ってるじゃないか、それは写真機か？」

基美が後ずさろうとするも、「おじちゃんたちは怖い人じゃないよう、ちょっと一緒に飲んだり騒いだりしようぜ、な、な？　近頃の女学生はずいぶんと不良なのがいるって聞いてるしな」と、触ろうとしてくる。

「その写真機、売ればいくらになるんだろうなァ、まったくいいもの持って……」

柄の悪い酔っぱらい達が目を付けるのも当然なのだった。型落ちとはいえ、写真機は一般には普及しておらず、アマチュアもいるにはいるが、まだまだお大尽《だいじん》の趣味。巷《ちまた》では、華族の紳士が人力車に写真機を積み、車夫を連れて優雅に散歩する様子がたまに見られる程度、庶民が写真を撮るのはいまだに一生に数回、薬品も薬品で高価なうえに、写真機も英国蛇腹《じゃばら》の物は、レンズ抜きで百三十円を超える。銀たちが背負っているのは、型落ちの国産組み立て暗箱だが、それでも十円から二十五円ほどはする。もし、レンズとともに売れば、無宿人でも数ヶ月は悠々暮らしていけるくらいの額にはなるだろう。

柄の悪い酔っ払いたちにしてみれば、女学生風情《ふぜい》がそんな高価なものを背負って、薄暗い路地にのこのこ現れたのだから、まさにネギを背負った鴨三匹。

銀たちが行こうとすると、先に回り込まれる。

「大きな声を上げますよ。そうすれば、巡査がすぐに来ましょう」シズは落ち着いているようでもやはり女学生、声が裏返りそうになっている。

「この通りは通行料がいるんだぜ、お嬢さん方。その写真機はぜんぶ置いていきな」

銀は、背負っていた三脚を背中から外した。（だめよお銀ちゃん）と基美が声を掛ける。（伝習所のものよ、渡しちゃだめ）とシズも小さく言う。

銀は、どん、と三脚の脚を地面に突いた。

「我ら女子写真伝習所本科生、屈指《くっし》の三本刀！　ここで討ち死にしても写真機は渡さぬ！」

（三本刀？）と基美が言い（え、三本刀なの？）とシズも言ったが、銀は武蔵坊弁慶《むさしぼうべんけい》よろしく三脚を両手で構えた。

さすがに木製の三脚は重いので、二の腕がぷるぷるしている。

と、その時――

「巡査を呼んだぞ！」と声がした。どこからか響くその声。

若い男の声だ。

「呼んだところで、ここから交番がどれだけ遠いと思ってるんだ。ここまでくるにはたっぷり時間がかかるだろうよ」酔っ払いがせせら笑う。「世間知らずのお嬢さんたちが傷物になっちまうくらいの時間は、まあ、ゆうにあるってことだ」

一番目つきの悪いのが、銀に向かって言った。

「聞いての通り、助けは来ない。痛い目に遭いたくなかったら、さあ、その写真機をおとなしく置いていけ、今すぐにな」

じりじりと銀たちは隅に追い詰められていく。男が後ろから基美の腕を摑んで、あばら家の奥に引っ張り込もうとした。その基美の悲鳴を合図にしたように、あちこちから腕がいっせいに写真機や三脚にかかり、それでも絶対に離すものかと銀は腕で三脚を巻き込むようにして地面に足を踏ん張った。基美もシズも、写真機やレンズを抱きかかえるようにして地面にうずくまる――

急に、男が「痛っ！」と声を上げた。見れば額から血が流れている。またゴッン、といかにも痛そうな音がして、別の男も頭を押さえている。

通りに、どうと風が吹いた。

石を片手に通りで右腕をまくり、こちらをじっと見ている者がいる。

銀は驚いて声を上げていた。

「京香さん！」

石をぶつけられた男たちは、京香という新しい獲物が増えたことに色めき立った。多勢に無勢、投げる石が尽きたのか、京香は観念したように、腕をだらりと下ろす。

こんなところまで来てしまったから、京香まで巻き込んでしまった――

わたしのせいだ――

銀は三脚を抱えたまま叫んだ。

「京香さん！　逃げて！」

京香が、すうっと息を吸い込んだ。

「オイ猿どもッ！　お前らよくぞ三脚とレンズと写真機を守ったな！　それでこそ写真伝習所生よう」

それは初めて聞く京香の声だった。

通りに高らかに響くその声は。

どう聞いても女の声ではなく。

京香はすっと袂から腕を抜くと、両腕で衿を割って、もろ肌脱ぎになった。

いまや露《あらわ》になった裸の上半身、そのしなやかな筋肉の肉付き。後ろに高く結んだ髪が風に靡《なび》いて、京香は美女の顔に少年の身体のまま、「てめえらに伝習所の写真機は指一本触らせねえ」とすごんだ。

そのうち、けたたましい警笛が向こうから響いてきて、ようやくサーベルを提げた巡査が到着したときには、酔っぱらい達は皆、顎を殴られ肩を打たれ、横腹を、尻を蹴られ、京香の剣幕に逃げまどい散り散りとなっていた。加勢もできず、逃げることもできず、機材を抱えてそこから動けなかった銀たちは、まとめて警察署で、こってり絞られることとなってしまった。

思いのほか巡査の数が多く、うまく巡査たちを撒《ま》けなかった京香も警察署に連れて行かれる。その時にはもう服装を正し、髪を結いなおして束髪、襟巻きも元通りで、どこからどう見ても、楚々《そそ》とした女学生の姿としか見えない。

「……どうしてわたしたちを」銀が言う。

京香は、巡査に聞こえないように、男の地声でぼそりと言った。

「同じ写真伝習所生だろ。当たり前だ」

警察署の部屋で、伝習所監督の先生が来るまで、一室で留め置かれることになった。くどくどくどくどと、「女学生があのような場にいたこと」「危ない目に遭ったこと」「最近の学生の風紀の乱れ」を何十分も叱られ続けていたが、基美がちょっとせき込んだ後、「あの」と口を挟む。

「何だ」

「いま、わたくしたちはお叱りを受けています。ですが、なぜお叱りを受けなければならないのか、わたくし、よくわからないのですが……」

髭《ひげ》の巡査は、さっと顔を紅潮させて基美に怒鳴った。「何だと！」

基美ちゃん、と横から止めようとしたが、息をすうっと吸って、基美は視線をまっすぐに上げた。

「絡んできたのは、酔っぱらいたちです。わたくしたちは、ただ往来を通行していただけです」

「あのような場所に女学生が立ち入ったことを叱責しておるのだ！」

「学友にお願いをしに参っただけです。悪いことをしたとは思っておりません。なぜ、わたくしたち女学生だけが叱られて、あの方達にはお叱りもないのでしょう」

基美は、体も弱く、一見内気でおとなしそうに見えるが、基美の敬愛する人物は、女子に教育を、との一心で、女子英学塾を立ち上げた津田梅子《つだうめこ》先生。「どんな環境でも高尚《こうしょう》であれ」という言葉に痺《しび》れた女子のひとりだった。

「まったく女学生なんぞ、女が学を付けると、これだからいかん！　大人に口答えするとは、な、なんと生意気なことか。お前たちは、ただ、ハイ、ハイと言っておればいいのだ！」

これ以上、言い返すうまい言葉が見つからなかったのか、巡査は苛立った様子で、「ここで反省しておれッ！」と怒鳴って部屋から出て行った。

ガラガラピシャン！　と扉が閉まり、怒りに満ちた足音が遠くなると、すぐ三人は京香の側に寄り集まった。

「京香さん」「京香さん、あの」

「俺は京香じゃねえ。京香は俺の姉ちゃんの名だ。俺は、本当は、京一郎《きょういちろう》ってンだよ」

京香は——京一郎は、地声で低く言う。顔だけは美貌の女生徒ながら、口調や態度は少年でとまどう。普段はどうやっているのだろうか、背中の肩甲骨《けんこうこつ》をぐっとよせたりして、姿勢も変えているのか、素に戻った今は、肩幅や骨格まるで違って見える。

「なんでまた……」

話そうかどうしようか、京一郎は迷っていたようだったが、やがて口を開いた。

「姉ちゃんは流行熱で二年も前にあっけなく死んだ。その日までほんとうに元気で、晴れ着も新調して、そろそろお嫁の話もってときだったから、俺の母ちゃんがそれはもう、ものすごく悲しんで……急に死んだものだからさ、母ちゃんは、毎朝毎朝姉ちゃんを探すんだ。姉ちゃんはもういないんだよって教えると、半狂乱になって泣き叫んで、床に伏してしまって……すっかり、心が、壊れちまった」

そう言って、懐から大事そうに京一郎は何かを取り出した。台紙を開けると、今の京一郎そっくりの顔で笑う、綺麗な女の人が写っていた。

「姉ちゃんは写真が好きだった。〝写真のわたしが、ずっと年を取らないのはいいわね〟って笑ってた。もしも元気だったら、もしも時期が、もう少しいろいろずれていたら、この学校に通っていたのは、俺じゃなくて姉ちゃんのほうだったかもしれない。でもその未来は来なかった」

「そうだったの……それは……辛かったわね」同じく、流行熱で両親を亡くしたシズが、浮かんだ涙をちょっと指で押さえる。

「叫んで外に出そうになる母ちゃんをずっと見張ってて、ある日、なんとなく姉ちゃんの着物を羽織ってみたんだ。そしたら、母ちゃんはすっかり俺を姉ちゃんだと思いこんで、前みたいに落ち着いて過ごせるようになった。夜、姉ちゃんを探しに、家を飛び出すこともなくなった」

京一郎は、ふうっとため息をついた。

「母ちゃんは、病でもう長くない。その残りの命を、毎日泣き叫んで過ごさせるか、穏やかに過ごさせるかって思ったとき、俺が姉ちゃんの代わりをすることにした。髪を伸ばして、姉ちゃんの着物を着て、姉ちゃんのふりをして」

京一郎は、しばらくだまって、机の木目を見ていた。

「でも俺にも俺の人生がある。このまま母ちゃんがこの世を去ったとき、この手に何の学も技術も無いのはごめんだ。写真を学べるところはいくつかあるけど、東京高等工業学校は、残念ながら夜学なんだ。夜は俺が——っていうか姉ちゃんが家にいないと、母ちゃんが心配して、町をあちこち探し回る。個人的な塾じゃなくて、昼間に、基礎から写真を学べるのは、いまのところ、女子写真伝習所だけしかなかった」

「だから、お姉さまの格好を……」基美がつぶやいた。

「俺の姉ちゃんにも、いつかこうなったらいいなあ、みたいな夢はたくさんあったと思う。いつかお嫁に行って、いつか子供が生まれて、いつか……。姉ちゃんは、身体だって丈夫だったし、本当に元気だったんだ。いつもは風邪だってひかないくらいだった。それでも姉ちゃんはもういない。姉ちゃんの〝いつか〟は、もうない。

俺もそう、お前らもそう。明日、姉ちゃんみたいに命がなくなってるかもしれない。先のことなんて、誰にもわからねえ。〝いつか〟できたらいいなあ、なんて、そのいつかが、きちんと来る保証はどこにもないんだ。だから俺はやりたいことは全部やる。今やる。〝いつか〟なんて待っちゃいられねえからな。

俺は、写真を、やりたい。どんな手を使っても。女の格好をしてでも」

急に扉が開いた。

「今、男の声がしなかったか？」鋭い目で、巡査がこちらを順繰りに見た。

「男？ 男なんて、どこにおりましょう？」とシズがとぼける。

さすが巡査、鼻がきくのだろう。鋭い目を京一郎に向けた。

「そこの襟巻きを巻いた女学生、直立して、ちょっとその襟巻きを取りなさい」

まずい。

襟巻きは、京一郎の、目立ちかけてきた喉仏を隠すためのものだったと、今になってようやくわかった。

この時代、男性が女性の格好をすることは法で禁じられている。この巡査の前で、女装がばれてしまえば、大変なことになる。

「まあッ、いくら学生とは言え、わたくしたちはみいんな、女ですのよ。傷跡を見せろだなんてひどいわ」シズが言う。

「そうです、初美さんは喉の手術をなさって、その傷跡を隠すための包帯です」基美も言いつのる。

だん、と銀が手をついて椅子から立ち上がった。

「女が傷跡を見せる、それはどんな辛いことか、男の方には、よもや、わかりますまい……」

銀がそのまま悲痛な顔をしつつ、袖を少しめくると、銀の腕の内側、手首から肘《ひじ》に向かって、それはそれは大きな傷跡があった。

銀は遠い目をする。

「あれは、わたくしがまだ十歳の頃。木の上のほうに三つ残った柿の実を見つけたときのことでございました」

そこから銀の語りがはじまった。いかにその柿の実が、美味そうに熟れていたかに始まり、柿の木をのぼりはじめた頃に、水分を失った枝が嫌なしなり方をしたこと、それでも上まで木を上りきって、ようやく柿を摑んだというときに、一陣《いちじん》の風により、しなった枝が銀の体重に耐えきれず、ぼきりと折れてしまったこと。

「それでその後どうなった」

巡査もそのあとが気になったのか、聞く。

「枝に引っかかりながらも我が身体は、あわれ地面に強く叩きつけられ……このように右手の骨を折るまでに至ったのでございます。それは、もう耐えがたい、地獄の痛みでございました。この傷跡を見るたびに思い出します……」

と、銀は袖で目を覆った。

「そうか。それでその柿はどうした」

「左手で食べました」

そうこうしているうちに「すみません」と声を掛けながら急いで部屋に入ってきたものがある。我らが伝習所の長、鈴木先生だった。

急いで来たのか、額に汗が浮かんでいる。

先生が巡査に何度も頭を下げる姿を見ていると、さすがの三人組もしゅんとなり、ただうなだれるのみだった。鈴木先生は〔内に在りては良妻賢母なり、外に処しては国家の文明に裨益《ひえき》する技術家を養成する〕という志を持って、女子のために、わざわざこの写真伝習所を設立したのだ。その志に泥を塗るようなことをしてしまった。

「さて、さっきの話に戻るが、そこの背の高い学生。その喉の傷跡とやらを、はやく見せなさい」と巡査が思い出したように言う。京一郎は観念したように、一度ぎゅっと目をつぶり、襟巻きに手を掛けた。

鈴木先生が、おもむろに口を開いた。

「この学生の傷は、入所時の検査で記録を取ってあります。やはり嫁入り前の女の身、ここで男の方にお見せするのはさしさわりがありますから、記録のほうを、今から本学に取ってまいりましょう、少々お待ちください」

入所時にそんな検査はなかったはず。銀たちには、鈴木先生がこの場を切り抜けるため、嘘をついていることがわかった。

急に面倒になったのか、巡査は「まあそれなら……いいでしょう。まあ、写真なんてくだらないもんを教えていないで、もっと女学生には礼儀とか慎ましさを教えるように！」

「このたびは、大変申し訳ありませんでした」

また鈴木先生が深々と頭を下げるのを、銀たちはうなだれながら聞いていた。

派出所からは解放されたが、鈴木先生が外に待たせていた人力車に乗りつつ、「話があるから、いまから伝習所の監督室に寄りなさい、あと、その貸し出しの写真機は返却するように」と怖い声で言われ、三人と一人はとぼとぼと学校までの道を歩いた。

なぜ写真機を持ち出して、あのような場所にいたのかを白状させられ、【写真よろづ相談所】のこともばれてしまった後は、さっきと打って変わって、鈴木先生は脳天から煙が出そうに怒った。

「あなたがたはまだ半人前の身、金を取るなどと！　まったくなんということだ！」

そうして、あえなく【写真よろづ相談所】はその場で解散となってしまったのだった。

次に、鈴木先生は、京香のほうに向き直った。

「京香さんに、事情があるのは最初からわかっていました。何か深い事情があるのだと。でももう、その秘密はこの三人も知るところになった、そうでしょう？」

京香はうなだれる。

「初美京香は、これにて退所とする」

銀は椅子から立ち上がると、やおら床に額を付け、伏して声を上げていた。

「待ってくださいっ！　元はといえば、わたしたちが往来で酔っ払いに絡まれたとき、そのまま捨てておけば良かったものを、京香さんは、わざわざ戻って助けてくだすったんです！　どうか寛大な処置を！　伝習所退所はあんまりです。どうか、どうかお許しください！」

その隣に基美とシズも続いた。「そうです、元はといえばわたしたちが悪かったのです」「罰はわたくしたちがいくらでも受けます、どうか京香さんだけは見逃してください！」

鈴木先生は言った。

「だめです。このことが他の生徒に知れた以上、初美さんを、このままここで学ばせるわけにはまいりません」

銀は泣いた。泣きながら言った。「鈴木先生ッ！　写真を学びたいものに門戸《もんこ》をひろげようとこの伝習所を開いたのではないですか！　写真はこの開化の明治、新時代の新職業です！　そこに男も女もあるものですか！」

鈴木先生の表情は変わらなかった。

「――初美さんは、このまま退所手続きを取るので残りなさい。残りの三人はすぐに帰ること」

「先生！」「先生、待ってください」「お願いです先生！」

「あなたがたが出ないのなら、わたしたちが出ます。初美さんこちらへ」

呼ばれて部屋を出ていく京一郎は、一度もこちらを振り返らなかった。

その日の夜も、次の朝も、銀は何も食べずに、漬物の一つすら食べずに塞ぎ込んでいた。可愛がっていた犬のムクが死んだときすら、ぼろぼろ泣きながら朝飯は食べたのに、こんなことは生まれて初めてで、両親も兄も、呆然となって銀の様子を眺めている。

基美は無理がたたったのか、あの日から熱を出し、しばらく休むと基美の叔母が伝習所まで伝えに来た。いまだ処分は発表されてはいないが、「あれ？　京香さま、今日もお休みかしら」などと、京香の話題がどこかで出るたびに、銀は、自分が糾弾《きゆうだん》されているようで辛かった。

今日も伝習所への道をとぼとぼ歩いていると、ちょうどシズと会った。シズもよく寝られなかったのか、目の下は真っ黒だった。

銀は、決心したことをシズに伝えることにした。

「わたしね。もう今日で、伝習所を辞めることにした」

「……なぜ」

うまく答えられない。自分のせいで京一郎が退所となってしまったのだ。そうするのは当然のような気がする。もう本当は、伝習所に出て来るのもつらかったが、今日は高林に写真を渡す約束をした日でもある。それにはきちんと自分でけりをつけなければならないと思った。

——同じ写真伝習所生だろ。当たり前だ——

——俺は、写真を、やりたい。どんな手を使っても——

京一郎の言葉が蘇《よみがえ》る。

自分のせいで、京一郎が見ていた夢は潰《つい》えてしまった。自分が夢を壊したのと同じだ。

「辞めるって、お詫びをしようと？」

「……うん」

シズが立ち止まった。

「お銀ちゃんが辞めても、京一郎さんは喜ばないと思う」

「でも。全部わたしのせいだから」

「辞めてどうするの。京一郎さんのことを思い出さないように、逃げるみたいにしてひっそり暮らすの？　それで本当にお詫びになるかしら」

言われて、目の際がまた熱くなってくる。

「……シズさん、辛いよう」

「辛いわ、わたしも。でも、わたしたちにできることは――」

けほんけほん、とすぐ後ろで咳が聞こえる。「――しっかり、暮らすことじゃないかな」

病み上がりの基美だった。細い体がまた細くなったようだ。

「基美ちゃん」「基美ちゃん、具合は大丈夫なの？　無理しないほうが……」

基美は、深呼吸して続けた。「もう大丈夫。そろそろ時間だから、行きましょ。高林さんにも会ってお話をしなくちゃいけないから、三人揃っていたほうがきっといいだろうし」

そのとき。

「よォ、見ざる聞かざる言わざるの猿三人組！」

後ろから声がして、あわてて三人とも振り返った。

長い首に襟巻を巻いた、ほっそりとしたその姿。

「京香……いや、京一郎さん！　どうして」

「初美京香は退所だが、〝今すぐに〟とは言われてねえ」

遠くで誰かが「あっ京香さまよ」と言う声がしたので、京一郎は急に声を潜めた。三人娘も近く寄る。

「初美京香は退所、その代わりに初美京一郎が入所だ。ここは女子写真伝習所だが、男子科も別に作ることにしたんだそうだ。まあ、結婚退所する女生徒もけっこういるから、人員の補充ってとこだろ。正式に男子別科が発足するのは来年度以降になるから、それまでは通学を許すと。事情によりこの格好は黙認《もくにん》してくれるそうだが、やる以上は、くれぐれも他の誰にも知られてはならぬ、と先生から釘を刺されてる。男子別科ができ次第、俺は移るよ。それまでは、このままで」

よかった、と銀はオイオイ泣き、基美もシズも涙を指で拭《ぬぐ》った。

その京一郎が、銀を見た。

「いや、先生も、部屋を出るまでは退所だと心に決めていたらしいが、お前の、〝写真はこの開化の明治、新時代の新職業です！　そこに男も女もあるものですか！〟っていう言葉が後からじわじわ効いてきたらしいな。ま、礼を言う。助かった」

銀も照れくさそうに笑った。

「しかしよォ、お前ら猿三人組を合わせたより、俺の方がまだ美人ってどういうことだ」などと、顎に手を当ててしなをつくり、京一郎が流し目で言い出すので、三人組はさっき出たうれし涙を、そうそうに引っ込めて「なんですってェ！」と睨んだ。

「そうだ。俺の写真って、撮ってどうするつもりだったんだよ」と京一郎が問うので、事情を説明する。

銀は天を仰いだ。「まあ、仕方があるまいよ。写真は撮れなかったと言う。ああ……愛しのバナナよ、憧れのバナナよ……」

「バナナ?」京一郎は不思議そうに言った。「あ、本で読んだことがある。芭蕉《ばしょう》の実の、バナニのことだろ。なんでも西瓜と梨を合わせたような味がするそうじゃないか。たいそう甘くて美味いらしいな」

くうう、と銀は腹を押さえて呻《うめ》いた。「今日、ついに食べられるはずだったのに」

「なんだ、それならな、まあ、お前には少しばかり恩もあるし、俺がなんとかしてやろう」と言い、じゃあ、後で裏手の物置でと、高林との待ち合わせ時間を確認した。「あと、鈴木先生が、監督室にお前らを呼ぶと言ってた、行くといい」

監督室に行くなり、「先生!」「鈴木先生!」「ありがとうございます!」と三人で先生を囲んだ。

「あなたがたは修業中の身。これに懲りたら二度と勝手なことをせぬように」としっかり叱られる。

「しかしながら、あなたがたの言う通りでもあります。写真学は、皆が研究に研究を重ねてできた学問です。写真師は開化の新職業、まだまだ発展の途上であるとも言えるでしょう。今後、個々のさまざまな工夫も必要になってくるのは間違いない。

例えば、写真館の黎明期《れいめいき》、あなたがたの先輩が、ただ写真館を開くだけではなくて、貸し衣装も準備し、好きな装束で仮装できる写真館で人気をなしたように。また、いろんな背景を準備して、いろいろな土地に行って撮ったかのように見せる工夫をしたように。顧客の内なる願いを知って、商売の工夫をすることは、とても大切なことです。よって、あなたがたの【写真よろづ相談所】についても、存続を許可します」

「ええっ！」思いがけない言葉に、三人で声を上げる。

「しかしながら、あなたがたはまだまだ半人前。今後の依頼で、金銭の授受は禁止とします。ひとつ、完全なる奉仕活動でおやりなさい。ふたつ、監督のわたしに依頼の内容と進捗《しんちょく》は逐一教えること。これは、大事なわが伝習所の学生が、先日のように危険な目に遭うのを防ぐためです。みっつ、各々の個性を出し合って、人々のお役に立ちなさい。わかりましたね」

「ハイッ」

三人はキリリとした顔で返事した。

「このたびの依頼は、もう受けたものですから、写真は撮れなかったと依頼人に正直にお伝えしなさい。失敗を謝ることも、仕事としては大事なことです。これからも勉学に励みなさい」

「ありがとうございます、先生!」三人は口々に言う。

ようやく心配事が解決して安心したのか、扉が閉まるなり、銀が「なんだか急に腹が空いてきた」と腹を押さえ、皆で笑った。

【写真よろづ相談所　どのやうなお悩みでもたちどころに解決】という木の看板に、基美が新たに、「奉仕活動」の四文字を書き加えた。正式に相談所を開けるよう、物置の使ってないものを別に移動することも許可され、相談所らしく見えるようにと内装を整えた。

京一郎も入ってきて、相談所の中をものめずらしげに見回す。

「へえ、【写真よろづ相談所　どのやうなお悩みでもたちどころに解決】って大きく出たな。大丈夫なのかお前ら三人で。頼りないな」

そこへ「ごめんください」と、やってきた依頼人の高林、入ってすぐ目の前に、思い焦がれた京香がいるばかりではなく、間近で目が合って慌てふためく。銀は大の男がこんなにうろたえる場面を見るのは初めてで、シズが「どうぞおかけください」と椅子を勧めた。

それはそうだ、東京中を何年も探し回って、やっと見つけた相手が、手を伸ばせば触れられるほど、すぐそばにいるのだから。

　京香が襟巻をさっと外し、「こうなっちゃなんなんで、一から説明します」と姉の京香が亡くなって、自分が身代わりとなって生活していた件を、地声で率直に話した。

「――というわけで、申し訳ありませんでした」と京一郎が頭を下げるので、銀たちも倣《なら》って頭を下げた。「すみませんでした」

　高林はあまりの予想外の出来事に、表情をなくしたようにぼうっとしていたが、「では、お姉さんの京香さんは、生前どちらで暮らしていらっしゃったんです」と問う。元気な頃、どこによく行っていたか、二人で記憶を突き合わせていくと、どうやら高林の行動圏とも重なっており、着物の柄や髪の結い方なども一致して、高林が東京中を探しに探していた人は、やはり京一郎の姉の京香で間違いないようだった。

「そうですか……お姉さまの京香さんはもう、お亡くなりに……」

「ええ二年前になります」と、京一郎が懐から写真を出した。「でも、そんなに探してくださっていたなんて、姉が知ったら喜んだでしょう。元気であれば、高林さんとのご縁もあっただろうと思います」

そう言って、京一郎は姉の京香を思い出したのか、懐かしそうな顔になる。

高林は、口から魂が細く抜け出していくような、長いため息をついた。

「我が人生をかけて、京香さんただ一人を探すつもりでおりましたから……。こうやって京香さんの弟さんと巡り会えたのも、何かのご縁でしょう。〝もう探さなくてもいい、前を向いて今後の人生を歩みなさい〟という、京香さんからの報せかもしれませんね」と寂しく笑う。

「なんだか、心に大きな穴が開いたようだな」と、高林は遠くを見ながらつぶやいた。

「そんなわけで、写真はすみません――」と言いかけて、京一郎が「いや、写真はあります」と言う。

「姉のこの写真、高林さん、よかったらお持ちになりませんか」

銀は驚いてしまった。京一郎が肌身離さず持っているくらい、こんなにも大切にしている写真なのに。

「いやでも、これは大切な形見でしょう。頂いてしまうわけには」

「いいえ。姉の死から二年、皆の記憶から姉がいなくなってしまうような気がしていて、寂しく思っていたところなんです。こうやって偲《しの》んでくださる方がいるというのは、弟としてとても嬉しく、誇らしいことです。この写真の、種板が家にあります。わたくしどもは写真伝習所の一期生。紙取り《プリント》はお手の物です」

種板とは、ネガにあたるガラス乾板で、それさえあれば写真は焼き増しができる。先生にも事情を説明し、日を改めて、暗室で紙取りをしてもいいという許可が出た。高林もその場に立ち会うこととなった。

その日は日差しが強すぎず弱すぎず、紙取りにはとても適していた。

京一郎が家から持ってきた木箱をそっと開けると、ガラスの板である種板が綺麗な布に包まれている。表面には薄く京香の姿が出ており、もう亡くなってこの世にはいない人なのに、こうやって姿がガラス板に鮮明に残っていることに、銀は不思議な気持ちになる。時が凍っているみたいだ、と銀は思う。きっと、写真機を作った人は、大好きだった人を、どうにかして、ずっとこの世につなぎとめておきたかったのだろう。

京一郎が解説した。

「印画紙の上に、この種板を載せます。そして日光に当てると、印画紙の上に、光が当たっていない部分とよく当たる部分ができるんです。光が当たっていない部分は薄く、よく当たる部分は濃く、黒くなります。これが写真となる、っていう塩梅《あんばい》です」

日光を当ててから、頃合いを見計らって光を遮り、暗室に移動する。暗室は酢のような酸っぱい臭いがして、赤くて弱い光が灯っている。四角くて浅い、四つの琺《ほう》瑯《ろう》の容器が横に並べてあり、中は液体で満たされていた。京一郎は、一番左の薬品の中に、印画紙を浸した。

「今から、よく見ていてください」

「あっ」高林が声を上げた。明かりを落とした暗室の中、薬品に入った印画紙がゆらめいて、まるで京香が生きてここにいるように、こちらを見つめている。

弱い光線の具合か、薬液のせいか、京香がそっとほほ笑んだ気がした。

定着、水洗と進んで、印画紙を綺麗に乾かした。紙取り実習では、銀は真っ黒写真を作ってしまったり真っ白写真だったりしたのだが、さすがに優等生である京一郎は上手く焼いた。

写真を受け取って感無量といった顔の高林が、「これで前に進めます」とつぶやく。「京香さんのこの写真、大事にします」と深々と頭を下げた。

「これは、依頼料の二円です」と、包みを出してくる。

「いえ、いいんです」と京一郎は固辞した。銀も、「このよろづ写真相談所は、勉学のため、奉仕活動となりました。お金はいただけません」と言う。

高林は笑って首を横に振る。

「でもこうして、自分のこころに区切りをつけることができました。本当は二十円、いや二百円をお支払いしても良いくらいなのです、この二円はわたしの気持ちの収まりを付けるためにも、ぜひお受け取りください」

そうして、高林は大事そうに写真を手に持つと、しみじみとした顔で帰っていった。

とりあえず、この二円をどうするか、学校に寄付するかを四人で話し合い、鈴木先生に相談したら、「写真は人の思い出とともにある。良いことをしましたね。さて、もらってしまったものはしかたがない、次からは奉仕活動として、この二円は、あなたがた四人が見聞を広めることにお遣《つか》いなさい」と言う。

鈴木先生は銀に二円を手渡した。部屋を出るなり、「京一郎。この二円は京一郎のものだ」銀が言った。

「そうか。それならありがたく受け取っておく」京一郎は二円を袂に入れて、それから、ちらりと銀を見る。「俺、急に腹が減ったな。何か食べたいな。甘いもの」

ぴく、と銀が身体を動かす。

「そうさなあ、何か甘い果物がいいかなあ」

また、ぴく、と銀が反応する。

「甘くて黄色い」まで言うと、銀が「くうううううう」と変な声を上げて床にうずくまった。手がバナナを求めて、バナナを持つ形になったままだ。

「わかったよ、お前には恩がある、お前らも一緒に来――」「行く！」

ということになって、みんなで新宿高野へ向かうことになった。

意気揚々と店に入った三人娘と一人は、奥の上座で鎮座しているバナナを見る。

店員も、この前来た女学生三人組をよく覚えていたのか、「ごらんください、黄色のところに点が出ましたでしょう？　これは甘く甘く熟れたという証拠なのです。食べ頃のときに、ようこそいらっしゃいました」と言う。

「バナナ、一本ください。この子に包んでやってください」と、ささやき声で京一郎が言って、銀を指さした。

店員はその一本を、包装紙に綺麗に包んでくれた。

おばけまんじゅうの裏手の原っぱで四人は腰を下ろし、真ん中にバナナを設置した。畳んだ包装紙の上のバナナを、しばらく無言で観察する。

「ほらよ、お銀、眺めててもしょうがないから、まあ食えよ」

「ありがたみ！　台湾からはるばる来なすったんだ、食べたらもう無くなってしまう。まずは目でよく堪能して、心と脳裏に焼き付けてから」と、銀は厳かに言う。

「では、次に香りを……」と、お茶会のように、バナナを一人一人手に取って、裏返したりしてみる。

　緊張が高まる……。

　ようやく、銀が「これより、バナナの皮むきの儀を、執り行います」と、入所してから一番真面目な顔をして言った。

　よし、と、皮をむこうとして、店員の言っていた通り、へたの部分を倒すと、なるほど、力もいらず、するするむけていく。

「へえ、すげえな、小刀なしでもよく皮がむけるものだな。感心な果物だ」と京一郎が言った。

「南国にはこんな果物が、山にあちこちなっているのだろうな……ああ行ってみたいものだ」と、銀が呟いた。

　鮮やかな黄色の中には、輝かしく真っ白な果肉。その黄色と白の対比が冴え渡っていて、四人はしばらく、その神々しい姿に見とれていた。

「良い匂い……」と基美が目を細める。

その果肉は、力を入れずとも、真ん中から二つに折れた。皆で「おお……」とどよめく。その二等分を、また二つに分ける。

一人ひとつずつ、指先でそのバナナをつまんだ。

「では、【写真よろづ相談所】開設を祝して！　あと京一郎の退所撤回もついでに祝す！」

銀が音頭を取ると、四人はいっせいに、バナナを口に含む――

第二話　資生堂ソーダ水とアイスクリイム事件

あの、食欲と元気を絵に描いたような銀が珍しく欠席をしたので、基美とシズとで、課題を持って行ってやることにした。いつもは、熱を出して休みがちの基美に、シズと銀が課題を持っていくのが常なのだが、こんなことは初めてだった。

細工町《さいくまち》の緩《ゆる》やかな坂道を上っていくと、肥《ふと》ったブチ猫がのんびりと歩いて行く。角の、松の立派な家を過ぎたら、あとは格子戸の入った小さな家がずらりと並んでいる。荷車が前から来たので、二人は道の脇に避《よ》けた。

小道を通り過ぎつつ見ていると、表の開き戸が半開きになっている。見るともなしに眺めたら、荒物屋なのか、山ほど部品がある中で、何かを修理しようと、鏨《たがね》でたたいているお爺さんが見えた。奥さんがひしゃくで、へちまの苗らしい緑に水をやっている。

下駄の子供たちが、鬼ごっこをする声が響いた。一人の子は、まだ小さな赤ん坊をおぶい紐でおんぶしてあやしながら、路地で一緒になって遊んでいる。

銀の家は、大体の位置は知っていたので、「夏山さんのお宅をご存じですか」と尋ねながら行く。教えられた通り、角を二回曲がると、連なった古風な感じの家々に行き当たった。その手前から三軒目ということだった。

銀の父親は絵の関係の仕事だと聞いていた。家のところどころに花や蔦《つた》などの絵が塗料で塗られてあり、繊細な筆跡で可愛らしい。

「ごめんください」とシズが玄関から声を掛けると、中から母親が戸口まで出てきて、「あらあらすみませんねえ、うちの子がまったくもう……」とシズたちに言い、奥に「お銀！　お友達がきてくだすったよ！　起きなさい！」と太い声で叫んだ。

慌てて基美が「いえいえ、今日の課題を渡そうと思っただけですので、お具合が悪いなら無理して起こさなくても結構でございます」と言ったが、母親は笑った。

「あの子ね、まったくもう、なんであんなんだか。資生堂《しせいどう》薬局の、何だっけ？　ソダ……ソオダ？　なんでも資生堂薬局の、舶来の何とかいう食べ物の話を聞いたら、もう食べたい食べたいと言って熱まで出して。あの子は、こんな長屋暮らしのくせに、身分不相応なものばっかり食べたがる。黙って蜜柑でも三つ四つ食べてりゃいいのに」

奥からよれよれになって、白地に紺模様の入った寝間着の銀が出てきた。いつもの固そうな髪が変にはねている。「おっ母さん、ソダじゃなくて、ソーダ。ソーダファウンテンだよ……」「どっちでもいいよう、まったくあんたはもう、その食い意地をどうにかなさい」

「お銀ちゃん、大丈夫なの？」「無理しないで寝てたら？」

基美とシズが言うも、銀は「もう大丈夫。熱は引いた」と言った。

まあせっかく、お友達がいらしたんだから、と母親が熱いお茶と煎餅《せんべい》を出す。

「煎餅だってこんなに美味しいんだから。その舶来のナントカはあきらめなさい」

「煎餅はもちろん美味しい。美味しいに決まっている。でも資生堂薬局のソーダファウンテンは……」言いながらふらふらしている。

銀が、熱を出して寝込むほど欲しているのは、銀座の資生堂薬局に、新しくできたという、ソーダファウンテンなる甘味処。基美とシズは、最初、〝ソーダファウンテン〟という新たな菓子ができたのかと思ったが、ソーダファウンテンは、飲料水を提供する設備のことをいうらしい。

「いいかい、基美ちゃんシズさん。まず、ソーダ水だよ、ソーダ水。泡がある水だ」

「あっ知ってる」シズが言う。「ジンジンビヤでしょ？ 舌にジンジンして、それでヒャッとするの」

基美も、「玉ラムネのこと？」などと言っている。

まあ聞きなさいよ、と銀がもったいぶる。

「よく冷えたソーダ水の上に」「上に？」「アイスクリイムを――」三人は徐々に寄り集まる。

「のせる！」

「えっ、アイスクリイムは確か凍ってるんでしょ、ソーダ水の上なんかに乗せて、びしょびしょになったりしないものかしら……」

「そこは浮いているのだそう。考えてもみなさいよ。シラップもアメリカ製で、素敵な色がついていて、そこへ泡がジンジンビヤビヤはじける……上にアイスクリイムをのせて、その名もアイスクリイムソーダ。一口飲んでは食べ、食べては飲み……口の中は、冷たく透き通って甘く……」

ああー、と三人の声が重なった。

「でも、それならね、玉ラムネを買ってきて、一銭アイスクリンをのせたらまあ、だいたい同じ味じゃない？」

シズは服装には人一倍気を遣うも、食べ物には冷淡なのだ。ちなみに一銭アイスクリンとは、庶民の間で楽しまれていた、どちらかというとかき氷に近い、砂糖味のついた氷菓子のことを言う。砂糖すら高かった時代、一流ホテルや名門菓子店でごく少量作られる本物のアイスクリイム――牛乳、卵黄、生クリイム、ふんだんな砂糖、凍らせたそれらを丁寧に混ぜ、凍らせては混ぜを繰り返し、空気を含ませて作られる、その舶来の冷菓アイスクリイムは、まだまだ庶民には高嶺の花だった。

それでも銀は、激しく首を横に振った。

「一銭アイスクリンなんて！　資生堂薬局の支配人は洋行帰りで、美味しいものを山ほど食べてきているはず。その店主がわざわざ、アメリカからシラップもスプンもグラスも取り寄せたっていうくらいのものだから、それはそれは美味しいものに違いない。行けば、もうそこは異国。銀座にいながらにして、洋行……」

三人とも、瀟洒《しょうしゃ》な煉瓦《れんが》の建物が立ち並ぶ、銀座のあたりをぼんやりと思い浮かべる。

銀座の資生堂と言えば資生堂薬局だったが、店内の一角にそんなものができたとは。薬局で飲み物が出てくるというのは、ちょっと妙な気もする。

資生堂アイスクリイムソーダの値段は、二十五銭だという。お金の余裕のない銀たちが出せるのは、せいぜいがんばって五銭や八銭あたり。銀たちの一ヶ月の月謝が一円五十銭ということを考えても、〝ちょっと行って試しに飲んでくる〟とは言いにくい値段だ。女学生が、喫茶店などに一人で出入りするのは、不良行為だと言われていたこともあって、ますます資生堂ソーダファウンテンは銀の中で夢の地となる。

「資生堂は資生堂で置いておいて、まあ、明日は気をつけていらっしゃいね」とシズが言い、「今日は、あまり考え事をせずにゆっくりしてね」と基美も言う。銀も弱々しく手を振りながら見送る。

帰り道、「お銀ちゃん、熱を出すまでアイスクリイムソーダを……」と基美が言うと、「お銀ちゃんの胸を焦がすのは、恋じゃなくて食べ物ね」とシズも笑った。

しかしながら、銀座の資生堂、舶来の食べ物というと、華族女学校のお嬢様女学生ならまだしも、庶民の学生にはどうやっても手は届かない代物《しろもの》。【写真よろづ相談所】は奉仕活動、金銭はもらえないし、アイスクリイムソーダはまだ、果てしなく遠い。知っていても絶対に手が届かない舶来の氷菓子。銀が熱を出す気持ちもわからないでもないのだった。

そんなこんなで梅雨も明け、本格的に暑くなりそうだった。きっとこの陽気にアイスクリイムソーダはよく似合う。行けば胸が苦しくなる、と恋めいたことを言って、銀は暗い顔をして見物にも行かなかったが、その想像の中で、資生堂ソーダファウンテンの、アイスクリイムソーダはぷつぷつと想像の泡を弾けさせる。舶来のシラップ……きっと紫とか黄色とかそんな美しい色だ……果物の上等の甘みと香り……上には、ひんやりと舌にとろけるアイスクリイムが贅沢《ぜいたく》にのって、そして――「夏山さん」「ハイッ！」「集中集中」などと、小言を言われる始末。

【写真よろづ相談所】のほうは、意外にも、お客がぽつりぽつりと来ていた。普及してきたとはいえ、まだまだ庶民には遠い「写真」。厳《いか》めしい髭の、写真師の大家には聞けなくても、写真伝習所の女子学生の奉仕活動なら、お客のほうもあれこれと気軽に聞きやすいようだ。

「どうも写真では肥って見えてしまって……」という、ふくよかなお嬢さんには、シズが「おまかせくださいまし」と、一番、写真で痩せて見えるような色合い、素材、着付けにポウズと角度、髪の整え方まで、鏡と実例の写真を持ち出して指南した。

「写真の真ん中で写ってしまいました。魂が写真機に吸い取られて、わたくしはもうすぐ死んでしまうのでしょうか」と、さめざめ泣くお客には、すぐさま基美が外国の王族の写真を出して、「こちらの写真をご覧くださいませ。真ん中には、女王が写っておられますが、もしも写真の真ん中が本当に危険ならば、女王を真ん中にはしないのではないでしょうか」と具体例を挙げ、的確に指摘。「実習のとき、この三人では、わたしがいつも真ん中に写りますが、この通りめっぽう元気です」と銀が腕まくりして横腹をぽーんと音高く叩くと、その客は泣き止み、「アラ本当ね、ぴんぴんしていらっしゃるわ」と笑った。

鈴木先生が、なぜ【写真よろづ相談所】の開設を許してくれたのか、わかったような気がした。素朴《そぼく》な疑問でも、ひとつひとつ、解決していくのは勉強になる。報告書は、基美が相談内容を分類したうえで、丁寧にまとめ上げた。

鈴木先生自身も、報告書をめくりながら、「そうか……そんなに皆、写真の写る位置に気を揉んだりするものなのだな」と、意外に思ったようだった。「これからは、〝そんな迷信を信じて、何を馬鹿なことを〟と思ったりせずに、まず、お客様の不安な気持ちに寄り添うようになさい、と学生にも指導することにしましょう」と言う。

「よろしい。よい学びです。いっそう頑張りなさい」と励まされた。

【写真よろづ相談所】の中でも相談が多いのが、写真修整に関する相談だった。

フォトガラヒー、訳して「真」を「写」すと書いて写真だが、写真には、写って欲しくないものもある。ニキビ跡に小じわ、額じわ、黒子《ほくろ》にあばた。もっと色を白く、もっと肌をなめらかに。その人それぞれに、写りたい姿がある。

さて、銀たちが写真撮影で学んでいるのはフィルムではなくガラス乾板、ガラスの板が、ちょうど陰画《ネガ》の役割を果たす。よって、黒いところは白く写る。

じゃあ、「ちょっとこの写真の、わたしの顔の黒子を取ってよ」ということになると、黒子は黒いので、ガラス乾板の上では、丸く色が抜けた、白い点のようになっている。そこへ、その点を埋めるように、鉛筆の粉を置いていく。それを印画紙に焼けば、綺麗に黒子は取れているという了見だ。

老けて見える口の横のほうれい線、額のしわも、ガラス乾板に黒を丁寧に置いていくことで、写真では消えてなめらかに写る。顔全体をつるつるに仕上げることだってできる。反対に、何かを黒くしようというときは、ガラスの乳剤部分を、修整針と呼ばれる極細の針で削る。

ところがこの写真修整術には、上手い下手が残酷なくらいにはっきり出てしまう。肌を綺麗に、じゃあもっと白くしようと、あまり欲張って修整しすぎると、人形の肌のようになり不気味になるし、平らで不自然にもなってしまうのだ。

写真伝習所で、写真修整術だけではなく、解剖学も学ぶのは、修整には、人体の知識が下地として必要になってくるからだ。人間の骨格、筋肉の付き方、関節のありかた、影の付き方をあらかじめ知っていなければ、一見きれい……？　だけど、何だか気持ち悪いな、というような失敗修整写真ができてしまう。

よって、修整が上手い写真館は人気を集め、噂を聞きつけたお客が、遠くからも上手い修整を求めてやってくるほどだった。

修整術の講義では、素描《そびょう》も学ぶ。三人の中で、一番その素描が上手かったのが、銀だった。座学はからっきしだが、仕事で図案を描く父親から、絵心はしっかり受け継いでいるらしく、見事な陰影を描いた。

銀は「たべもの帖」という自分の食べたいものを素描する帳面を隠し持っていて、ひとり、憧れの食べ物を描いてはニヤニヤ眺めるのが趣味でもあった。絵は趣味と実益を兼ね備えており、銀の、主に食べものを捉える目と、陰影を捉える目は確かだった。

「夏山さんは、修整術と素描に関してはとてもいいですね。うまくやれば、渡米して、より高度な技術を身につけることもできるでしょう。しっかりおやりなさい」

と褒められる。伝習所の長、鈴木真一先生も渡米して、最新の写真修整術を習得したことで名声を得た、修整術の大家だった。

へへへ、と照れていると、「それくらい座学もしっかりおやりなさい」とチクリと刺されてしまった。

【写真よろづ相談所】で三人たちが、資生堂ソーダファウンテンの話などして、シラップの味や色の予想などをしているうちに、「ごめんください」と声がして、相談所のお客がやって来た。

見れば、年の頃は三人と同じで、袴姿の女学生らしいが、おつきの女中を従えている。

「館森《たてもり》は先にお帰りなさい。わたくしはこちらに用事がありますから」と、そのお嬢様が女中に言うも、「そういうわけには参りません、お嬢様」と、そのいかにもやり手そうな女中が、お嬢様の荷物と、舶来の楽器らしき包みを持ち、不審げに相談所の中を見回している。

「お嬢様、写真のことでありましたら、行きつけの小川《おがわ》写真館に相談なさいませ。こちらは失礼ながら、相談員の方々は、まだ年若き学生さんのご様子」

言葉は丁寧だが、明らかに銀たちを見下げた様子。

「館森」お嬢様の声が険しくなる。「館森は、そこの角の茶屋でお待ちなさい。こちらの伝習所とは目と鼻の先、それなら館森も、お父様に面目が立ちましょう。用事が済めばわたくしが茶屋まで寄ります」

「ですが……」と、まだ渋る女中に、「はやくお行きなさい」と冷ややかに言う。

大人を使うことが当たり前に育ったのがわかる、その堂々としたものの言いようと態度。舶来楽器の演奏を嗜《たしな》み、登校に女中を連れている様子、これぞまさしく上流階級のお嬢様。首から見えている鎖は、流行の首掛け懐中時計の金鎖だろうし、華奢《きゃしゃ》な指にはみぞおちの脇辺りにも、豪華な彫刻の衿止めブローチをつけている。華奢な指には、細いつや消しの金の指輪まで。

そのお嬢様は、女中が本当に角の茶屋に行っているかどうか、外を窺《うかが》っていたが、ようやくこちらに向き直った。

「たいへん失礼をいたしました。今日参りましたのは、折り入って、写真修整の相談に参ったのでございます――」

写真修整。

写真の簡単な修整――例えば黒子、あばたのひとつなら銀たちでもできるが、そうでない大がかりな修整というと、それは専門家の領域になってしまって、銀たちにはまだ荷が重い。

修整したところと、そうでないところの陰影の差もそうだし、全体の調和も見なければならないからだ。人間の目は、写真の違和感を、いとも簡単に見つけ出してしまう。修整が修整だとわかってしまえば、元も子もない。

そのことを正直に銀が説明して、具体的に、どう修整するかの例も出して見せた。黒子を取る前と、取った後の写真だ。

お嬢様は頷く。

「わたくし、縁談がありまして、相手方にお渡しする写真を修整していただきたいのです」

さすがの銀も、その責任の重大さに震え上がった。

「あ、あのですね……そんな大切な縁談のお写真でしたら、なおさら、その小川写真館に持っていかれたほうが、仕上がりは確かだと思います。わたくしどもは、懸命に写真学習につとめているとはいえ、まだまだ半人前の身」

「ええ、わたくしからもおすすめいたします。修整は一度かけてしまえば、ガラス乾板自体の復元は難しいですし、取り返しがつきません」基美も言う。

「小川写真館は、修整がとても巧みだと聞いております」とシズも援護した。

お嬢様は小さくため息をつくと、「小川写真館だけでなく、実は、修整をどこでも断られてしまったのです。梅田《うめだ》写真館にも、佐野《さの》写真館にも」

修整を、断る？　そんな話があるだろうか。この良家のお嬢様の縁談に使う写真を修整したとなると、写真館のほうでも誉れ。どうして断ったのか、わけがわからない。

「女同士、折り入ってお話がございます。わたくしは、もっとも美しい姿で写真に写りたいのです。写真館の写真師の先生方はみなさま男性、わたくしの希望をちっとも聞いてはくださいません。原板は二十枚くらい撮らせましたし、これからいくらでもまだ撮らせますから、失敗を案じなくても結構です。ぜひ年の近い、女性のあなた方にお願いしたく存じます」

銀は、まじまじとお嬢様の顔を見た。目は細く、鼻はちょっと丸いようだが、スッキリして知的でよい顔立ちだと思う。気品もある。あばたや黒子が目立っているわけではないし、眉が濃すぎたり薄すぎるというわけでもない。首の太さも普通だ。そんなに美醜《びしゅう》にこだわるなんて、と意外に思う。

「ちょっと監督に相談して参ります」と銀が言って立ち上がるのを、お嬢様が呼び止める。

「もったいぶるわけではありませんが、やむにやまれぬ事情がございまして、わたくしの名は、仮の名を名乗らせていただきます。わたくしのことは、どうぞ峰子《みねこ》とお呼びください」

監督室の鈴木先生を訪ねて事情を説明すると、「なんともおかしな話だ」と首をひねる。「小川写真館には、全国でも有名な腕利きの修整技士がいる。修整を断るなんて事があるだろうか……」などと言って、少し考えていたが、「折り入って、わが伝習所の【写真よろづ相談所】に、ということは、何かそれだけの理由があるのかもしれない。たしかに年の近い女性同士でないと、わからない部分や、話せない部分もあるのだろう。専門家の一人として、懸命におやりなさい。もしも行き詰まったら、いつでも相談に来なさい」と言う。

銀が相談所の部屋にもどって、依頼を引き受けることを言うと、ようやく峰子は、ホッとしたように表情を緩めた。

「引き受けてくださいまして、ありがとうございます」

そう言って、手に持った小さな風呂敷から、写真と、ガラス乾板の種板を出してきた。写真は見るも豪華な金箔《きんぱく》仕立ての台紙に貼られ、別珍《べっちん》の豪華なケースの中には、ガラス乾板が宝石のように収まっている。

銀は唸る。この陰影、椅子などの調度の豪華さ、後ろの背景紙の絵、台紙の紙質に、ガラス乾板が収められたケースの様子から見ても、東京中でも一、二を争う、有名写真館で撮っているのがわかる。レンズもいい。写りは一級だ。なんでそこで修整を頼まなかったのだろう？

峰子は、ガラス乾板を指さした。

「ではまず、目を大きく、眉を細くしてください。眉はこちらの仏蘭西《ふらんす》の女優さんの写真をご参考になさってください」と、風呂敷から写真が出てきた。「鼻はもうちょっと細目に高く、鼻はこちらの亜米利加《あめりか》の舞台女優さんをご参考に」また別の写真が出てくる。「頬はすっきりと、髪はもっと艶を出して額の生え際をそろえて、背を全体的に高く、細くしてください。あと、顔色はもっと白くお願いします」

三人、固まる。

「あ、あの……」シズが口を開いた。「そうですよねえ、わたくしもお気持ち、とてもよくわかりますわ。お写真は、やはり綺麗に写りたいですものね。でもですね、そこまで修整してしまったら、あの……峰子さまの自然な美しさが、損なわれてしまうのではないかと心配で」さすが銀たちより世慣れているだけあって、シズがうまいこと言う。

「柿は柿、桃は桃ですから」と、銀も格言めいたことを言い、「どちらも美味しいのです。美味しさに優劣はありません」とうまくまとめようとしたが、よくわからない雰囲気になってしまった。

基美も「一部ではなく、全体の修整を調和良くやるのは、たいへん難しゅうございますから」となだめた。

するとお嬢様は「こうやってどこでも断られてしまった、こんな写真では嫌なのです、もっともっと綺麗に写りたい」と、わっと泣き出してしまったので、三人でなだめになだめた。

銀が「わかりました、ご期待に添えるかどうかわかりませんが、やってみます」と言って、お嬢様が納得してお帰りあそばした頃には、三人とも精神的に疲弊《ひへい》して、椅子からもう立ち上がれぬほどになってしまっていた。

「峰子さま、お可愛らしい顔立ちをしていらっしゃるのに、写真だってうまく撮れているのに、どうして……」と基美がつぶやく。

鏡と違って写真は、立体を平面に、色も白黒になるということもあり、レンズの画角などの関係もあって、とにかく最初は見慣れぬものだ。銀だって、最初、自分の写真を見たとき、あまりの鏡との違いように、「これ本当にわたしの顔かい?」と不審に思ってシズや基美に何度も聞いたくらいだった。写真に慣れない人なら、もっとそう思うだろう。写真の顔が、自分でないように思えても、仕方がないのかもしれない。

シズはシズで、峰子の残した写真を見つつ、感嘆のため息をついていた。

「マアー、このお写真の晴れ着の見事なこと。見て見て、松の見切りに光琳《こうりん》の竹よ。おいくらくらいするものかしら。素晴らしいわねえ。帯は亀甲に鶴、しかもかんざしもこれ、本鼈甲《ほんべっこう》の花かんざし。この細工なら千円は下らないわよ、眼福よね……」と、写真をうっとり、食い入るように眺めている。

「晴れ着も素晴らしいけど、さっき着ていらっしゃった夏結城《なつゆうき》も、ほんとうに良いものだった……首から提げた時計の鎖も、衿止めのブローチも純金細工だったし。きっとお買い物は、三越《みつこし》とか天賞堂《てんしょうどう》とか関口《せきぐち》よ」と、シズは心底羨ましい様子だった。

銀を含め、そのあたりの庶民は当然、毎日の着物は綿素材。洗濯を繰り返し、ほつれを繕《つくろ》いながら着ていたが、女中を多く持つ上流階級の家では、あたりまえのように品質の良い絹物を着る。

シズが羨む「三越」は、十円や二十円程度の買い物なんて恥ずかしくてできないわ、というような富裕層が行くところ、かつ格式のある場所で、三越で買い物できること自体が上流階級の証だった。若い女性の憧れの場所でもある。

先ほどの峰子もそうなのだが、名門女学校には、品よく、良いものを着て通う必要があった。なぜならば、通学途中にも、いつ結婚相手に見初められるかわからないからだ。美しさで目をひけば、集団から一歩、先んじることができる。

十七歳あたりとなると、ちょうど結婚適齢期、二十四、五歳になると老嬢と呼ばれるこのご時世、名門女学校の授業参観日といえば、上流階級の夫人が、わが一族にふさわしい嫁候補を見つけようと見学に来る、品定めの日でもあるくらいだった。嫁を探す側でも、女学校なら、ある程度の地位もお金もあり、一般教養もあり、どこに出してもおかしくないだろうと目星を付けるわけだ。いい娘はいないかと、女学校の行きかえりを、見物しに来る人もいたという。

なので、名門女学校に通いながらも、女学生は、ばんばん結婚していき、卒業まで残っている女学生は、全体の三分の一程度にまでになってしまうことも少なくなかった。三年間無事に勉学を続けられるような女学生は「卒業面」という称号――三年も通っていたのに、誰にも見初められず良い縁談も来ず、売れ残る程度のご面相だという、たいへん不名誉な称号――を与えられるのだった。

名家のお嬢様が通う名門女学校でも、他の女学校同様、学習は同じように行われる。勉強のみならず体育などもある。しかしながら、名家に生まれたお嬢様女学生の、人生の最大目的は、良い家に嫁いでいくこと、ただ一つ。

銀たちのような庶民の出とは違って、上流階級育ちのお嬢様が、未婚で働くことは一族の恥とされた。女性の労働は不名誉なこととして、家が許さないのだ。

例えば、財閥の一族の娘として生まれ、どんなに経営の才能があったとしても、勉強が人一倍できたとしても、名家の女子が働くことは許されなかった。女学校を卒業しても結婚しなかった令嬢は、家に二、三年いて花嫁修業をし、その後、家で決めた、ふさわしい家に嫁いでいく。それ以外の道はない。

あの峰子が、自分たちと同じくらいの年頃で、結婚結婚と躍起《やっき》になる気もわからないではない。峰子は本年度で女学校を卒業するらしい。きっと級友もどんどん結婚しているのだろう。自分も未婚で最後まで残るまいと、焦る気持ちがあるのかもしれない。

銀たちが、就職のため精を出すのと同様に、上流階級のお嬢様には、庶民にはわからぬ、お嬢様ならではの苦労がいろいろあるようだ。

基美が小さくせき込みながら、何やら考え込んでいる。「でも、なんでしょう。わたし、ちょっと違和感みたいなものが……」

「うん……そうよねえ」シズも言う。

そうなのだ。扉の開け方、座り方、話し方に至るまで、幼い頃から特別な教育を受けたからこそ染みついたであろう気品と、「綺麗に写りたい。こんな写真はいやだ」という、駄々をこねて泣くような発言は、あまりにも落差がありすぎるような気がする。

それでも受けた依頼は依頼だ。写真も美しいほうが、縁談も進みやすいのだろう。銀たちは、峰子のよりよい未来のために、峰子が納得する写真を作ってやろうと意を決した。

まず、銀たちは修整実習でも使う修整台を【写真よろづ相談所】の中まで、三人でえっちらおっちら運んできた。この修整台というもの、中央に、修整穴という穴が開いた、がっしりとした木造の台である。手元が見やすいように、角度が付けてある。ここの穴のところに、修整したいガラス乾板を置く。黒布を被って上からの光を覆ってしまえば、穴の下から光が通って、ガラス乾板の陰影がすみずみまでよく見えるという仕組みだ。台自体が軽いと、作業中に動いてしまうので、とても重くできている。

ガラス乾板は陰画《ネガ》だ。実物で明るくなっているところは、ガラス乾板の上では黒くなっており、反対に暗いところは白くなっている——それは頭ではよくわかっていても、混乱しがちで、修整実習の初回は、人物の顔を墨でも塗ったかのように、真っ黒にしてしまった学生が続出した。

小さな黒子を一つ消すなど簡単だと、皆も、銀も考えていたが、初めて修整した黒子は、黒子の修整部分が濃くなりすぎて、逆に肌に白く光り輝く謎の点のようになってしまった。境目を目立たせず、色の濃さを均一に同じにするのは、最初、想像していたよりも、ずっと難しかった。

修整とは、具体的に言うと、ガラス乾板の上に、修整筆や鉛筆などを使って修整していくのだが、ただ鉛筆をガラスの上に押しつけても、うまく描けない。ガラスの表面はつるつるしているからだ。そのままだと鉛筆の黒はのらず、すぐにとれてしまう。

そのため、修整ニスという物を準備する。ニスを指の腹でガラス乾板に塗りつけ、ランプの火であぶる。修整ニスが乾燥すると、ガラスの表面がザラザラになり、はじめて鉛筆などでも自在に書き込めるようになるのだ。

修整に使う鉛筆は、ただ削るのではなく、先端を極細にするべく、研《と》ぐように削らなければならない。これは、三人中、一番器用な基美が担当した。息を詰めて、刀を研ぐように一本一本先を尖らせていく。その基美が、しばらくせき込んで手を止めた。ひゅう、という肺の音が苦しそうだな、と思い、「基美ちゃん、わたしゃろうか」と銀が声をかけたが、「これはわたしがやりたいの」と言って、作業に戻る。

生え際の毛を描き込んだりする修整刀は、研ぎが得意なシズが担当した。これは木綿針のような太い針を、先を研ぎに研いで、目に見えぬくらい、可能なかぎり細く尖らせるのだ。

いつもピイチクパアチク喋っている三人だったが、このときばかりは誰も一言も喋らず、各人の指先に神経を集中している。

尖らせた鉛筆の先を、そっとガラス乾板に触れさせる。そのまま字を書くように動かすと、もう台無しで、どうやっても鉛筆跡が目立ってしまう。なので、触れるか触れないかの位置で、軽く○を描くように動かして、ほんの微かな線で目に見えぬほど、少しずつ色を足して濃くしていくのだ。

難問を抱える銀たちに、講師陣も燃えた。眉の構造、毛の流れ、角度によってどう見えるかの講義、その上で特訓も始まった。

今回は眉の形から変える必要があったために、一度眉を平らに塗りつぶし、そこから銀が拡大鏡も使いつつ、一本一本毛を植えつけていくように描いた。毛を描く場合は、描く、というより、シズがよく研いだ修整刀で、ガラス上の乳剤面だけを、軽く削るのである。眉毛の少しの位置、ほんの毛の一本で雰囲気は変わってしまう。眉頭と眉尻は化粧の上手いシズが、拡大鏡も使って慎重に描いていく。

次に、目を大きくという難問がある。これも、上下左右調和良く大きくしていくのは難しい。目は、ほんの少しでも変わると、誰でもその変化に気がつくくらい、顔の中では目立つ位置だ。とりあえず、上まぶたにあわせて、左右に伸ばし、下まぶたをもっと下に移動させる。大工事だ。

黒目が小さくなって怖い顔になってしまったので、黒目もあわせて大きくした。

基美も拡大鏡を見て言う。「これだと、光がまったく入っていなくて、人生を憂いているお顔みたいにならないかしら……」

確認してみると、本当にそうだった。目の光一つで、すごい変わりようだ。

これではまずい、ということになり、目の玉に注意深く光と透明感、微かな立体感を入れていく。透明感がある、つるつるした眼球の雰囲気に仕上げようと、それにも気を遣った。

やっと顔がなんとかできた、とホッとする。

それから身体を細く、という注文通り、身体を細くしてみたら。

「あぁっ」と三人で声を上げる。

肩幅に比べて、妙に顔と頭が大きい。これではずいぶん頭でっかちになってしまう。銀はとうとう、頭から煙を出すようにして机に突っ伏してしまい、基美もあ、と天を仰ぎ、シズはシズで額に手をやっている。しばらく三人とも動けなかった。

また講師陣の先生に相談し、闇の中からふわっと浮かんでいるように細く見えるように、目の錯覚を利用しつつ、全体を修整し直すことにした。

他の依頼は、とてもでないが受ける余裕は無い。看板を下ろしている【写真よろづ相談所】だったが、三人が小屋の中で一心に作業をしていると、「何やってんだお前ら」と入り口から声をかける者がいる。

基美が「あ、京一郎さん」と言うも、銀はもう修整に夢中なので、ひとり黒布を被ってこんもりとした山のままでいる。

京一郎は実務科なので、銀たちよりも進度は速い。修整実習も済んでいる。シズが、こうこういうわけで修整を、と説明するなり、京一郎は「なんだそれ。くっだらねえ」と笑う。

「くだらなくはありませんよ」と基美は言い、シズも、「くだらないことがあるものですか。女にとって結婚は最大の関心事、夢であり目標。美しければ有利になるなら修整くらい、いくらでもして差し上げます。まあ、まだお子様の京一郎さんには、おわかりにならないかもしれませんが」と、ちくりと刺した。

「でもよお、いくら修整しようが元の顔は変わってないんだろ、どうすんだよ。顔も上からお前らが描いてやんのかよ」

シズが、うっと言葉につまる。

「それはそれ、これはこれ。とにかく写真は綺麗なほうがいいに決まってます」

京一郎は笑った。

「あのさ、俺みたいに綺麗に生れつくのも楽じゃないんだぜ、この女の格好で歩くといろんな奴がいろんな事を言いに来る。俺の何がわかるって言うんだって、おかしくってしょうがねえや。どいつもこいつも、運命だの宿命だの、えらい鼻息でいろいろ言うけど、これ俺、いきなり今べろんと脱いだら、こいつどんな顔をするんだろうなあって」

シズは、〝俺みたいに綺麗に生れつくのも楽じゃないんだぜ〟などと、しれっと言う京一郎の不遜《ふそん》な態度に、かなりいらついたようだったが、事実、今日も憎らしいほど綺麗だったので黙った。

「おいお銀。俺が来てやったぞ」と京一郎が、黒布のこんもりとした山に向かって呼んでみるも、銀は、いまそれどころではないので、その山は少しも動かない。

「なんだ、どれ見せてみろ。入るぞ」と、京一郎が、その黒布の中にするりと身体ごと突っ込んだ。たぶん黒布の中は頰がくっつかんばかりになっているのを見て、シズはマアッと口をおさえ、基美はぎくんと背骨をこわばらせたが、銀は銀で全く動じていない様子で「おお京一郎、良いところに来た。ときに、この修整なんだが、どう思う?」などと素の声で言っている。

そのまましばらく二人でガラス乾板を眺めているようだった。

「なんだ。この下手くそが、って思い切り馬鹿にしてやろうと思ったら、案外に上手いな、お前ら……意外だ……」などと言い、「でも綺麗は綺麗だけど、なんかこれ、写真というよりは、絵みたいだな」

それを聞くなり、ああー、と叫び、銀はかぶった布を取り去った。「もう何が何だかわからんッ!」

そうなのだ。これはもう写真ではなく、もはや絵画。誰が見ても、元の峰子とは似ても似つかぬ、誰とも知れぬ少女画になってしまっていた。全体に手をかければかけるほど、調和が狂っていき、それを直そうと頑張ると、最初に手をかけたところがおかしい気がしてきてまた直す。どんどん、直しの迷路、修整の堂々めぐりにはまり込んでしまっていた。

鈴木先生にも完成品を見せたところ、「そうか……この仕上がりは……ううむ。ここまで直してしまえば、原形はどこにもなかろう」と唸り、しばらく顎の白鬚《しらひげ》をひねりながら難しい顔をしていたが、「しかしながら、この仕上がりを顧客が望むのであれば、これはこれで一つの完成形なのだろう。よくやった」と言う。お許しも出て、ようやくなんとか形は整った。

約束の日。外でおつきの女中を待たせておいて、峰子が【写真よろづ相談所】までやって来た。できあがった写真を見て、その仕上がりにたいへん喜んで帰っていった。

奉仕活動としては、ずいぶん難易度の高い活動に、銀たちはそろって、へとへとになってしまっていた。背景と着物の調和は基美、化粧部分と着物の柄はシズが主に担当した。主に顔に手を入れることになった銀に至っては、人様の人生の一大事、失敗があってはならぬと、真夜中まで、見本である外国人の映画女優の光と、その影を素描しまくったこともあり、指には固いタコ、頬には影、見た目でわかるほどにやつれた。

報告すると、講師の先生方も鈴木先生も、「写真館で実際に働き出すと、もっと無理難題を言われることもあるのだから、よい予行演習になったものだ」と笑った。河村先生は、「わたしは、〝身体の向きをチョイと少し横向きに修整してくれ〟と、軽く言われたことがある。ずいぶん簡単に言うが、酒瓶の向きでも変えるみたいに簡単に言わないでくれよ、と思ったものだよ」とこぼした。

さあこれで、一件落着だろう、と思いきや。

例の峰子が、また、【写真よろづ相談所】までやってきた。今日はおつきの女中を、あらかじめどこかで待たせてあるのか、一人だった。

どうぞ、と椅子を勧める。

「ありがとうございました。今日はお礼を言いに参りましたの。あの写真が、大変役立ったものですから」

どうやら縁談が無事に決まったらしい、晴れやかな顔でいる。

「いえいえ。当然のことをしたまでです。わたくしどもも、大変勉強になりました」と、銀が畏《かしこ》まって言った。「写真がお役に立てて何よりです。このたびはお目出とうございます」

峰子は、「ええ。おかげさまで。ぜんぶ破談になりました」と言う。

――破談？

銀は、くらっと上体をふらつかせた。縁談がぜんぶ失敗してしまったのは、もしかして、あの写真。自分たちが修整をしまくったあの写真のせいではないか？

良家のお嬢様は、上流階級同士の、良家との結婚が人生の最大目的だという。その目的が、自分の写真のせいで叶えられなかったとなれば、もうそれは腹を切ってわびるどころの話ではない。

良家の嫁選びは、家柄ももちろんだが、それ以上に絶対的に重視されるものがある。それは、美醜だった。女子の「能力が高い」「才能がある」「頭が良い」は特に何も加点とならない。むしろ、頭が良すぎる嫁はだめだとして、敬遠される向きもあった。「瓜の蔓《つる》には茄子《なす》は生《な》らぬ」として、息子の結婚相手の美しさが劣る場合は、なんとかなだめて破談にさせ、別の美しい嫁をもらうべし、と雑誌にも堂々と結婚指南が書いてあるくらいだった。縁談が破談になったのは、あの写真が原因のひとつであった可能性は、限りなく高い。

「お銀ちゃん！」「しっかり」と二人も銀を支えつつ、皆で頭を下げた。

「申し訳ありませんでした！　わたくしどもが至らぬばかりに」シズがうろたえながら言う。「お詫び申し上げます。やはりわたくしどもの能力では……申し訳ありませんでした……なんとお詫び申し上げたら良いか」基美も詫びた。

峰子は首を横に振った。「いえいえ、お詫びなんて。むしろわたくしのほうこそ、こちらの【写真よろづ相談所】の皆さまに、お礼を申し上げなければならないのです」

華族のお礼参り……人生これまで……さらば憧れの資生堂ソーダファウンテン……さらばアイスクリイムソーダ……と、銀は世をはかなんだ。

峰子は、机の上に、例の修整写真を出した。

「皆さんの、修整してくださいましたわたくしの写真が、とても美しく儚《はかな》げであったために、先方は、とてもお喜びになりました」

美しいには美しいけれど、この絵画のような、本人とは似ても似つかぬ写真——ここには、ひとつも、真は写っていない。

「先方の期待が高まっているところへ、実のわたくしが現れるとどうなるか。先方の第一印象は混乱を極めます。期待が高まっている分、落差は大きいものでございますから」

会って相当、先方にがっかりされたのかもしれないが、峰子も知的で、すっきりした美しさがあり、決して卑下するべきものではないと銀は思う。

「峰子さま。わたくしは、やはり修整せずに、そのままのお姿の写真をお持ちになったほうがよかったと今でも思っているのです。この依頼は、お断りすべきでした。申し訳ありません」

「いいえ。それでいいのです」峰子は笑った。「わたくしは、先方にお会いして存分に議論をふっかけ、演説をぶち、相手方を心底、辟易《へきえき》させて帰りました。写真での期待が大きい分、相手方の落胆も大きいというもの」

そう言うと、峰子は、胸を張った。

「これでわたくし、心置きなく勉学に励めます。嫁に行け嫁に行けと、口うるさく言われ、今まで勉学を続けることを、どうしても許してもらえませんでしたが、結婚は両家によって決まるもの。すべての相手方にお断りされたのなら、もうそれは仕方がありません。わたくし――どうしても、医師になりたいんです」

その目は光に満ちていた。絵画のような、修整写真の瞳よりもっと。

「これで医師になるための、勉学が続けられます」

女医と言えば、ついこの前の明治三十三年に、東京女医学校ができたばかり。しかしながら初年度は校舎もなく、生徒はたったの四名だったという。女性の医師はまだ、ほとんどいない。

〝女子が医者を目指すなどもってのほか〟〝女医が増えれば日本が滅びる〟〝結婚が

遅くなるのは害悪である〞という、いわれの無い偏見さえある中での進学。

このまま縁談を進めていれば、峰子は、人もうらやむようなお家の奥様に自動的に収まって、毎日大勢の女中に囲まれ、何不自由なく生活ができたはずだ。好きな物だって好きなだけ買えるだろうし、贅沢も思う存分できたろう。洋行だって自由にできたかもしれない。

それでも峰子は医師の道を目指すことにしたのだという。周囲から、どれだけの反対があったのだろう……銀は、まじまじと峰子の顔を見た。

基美が言った。「でも、それならどうして、わたくしどもに、最初から破談を目的とした修整写真を作るように、とおっしゃらなかったんですか」

峰子は、三人の目を順繰りに見つめた。

「あなたがたも、わたくしも、新時代の職業婦人を目指す志は同じ。その道の専門家《プロフエツシヨナル》に、〝わざと破談にさせるための一枚を〞とは、わたくし、言いたくありませんでした」

銀、基美、シズの背筋が伸びる。

峰子は、写真を見つめた。

「ほんとうに、よく修整してくださった……この美しい写真がなければ、わたくしの計画の成功はなかったでしょう。【写真よろづ相談所】のみなさんにお願いして、ほんとうによかった」

ほっとした反面、銀は心配になる。人様の人生に大きく関わってしまった。果たして峰子の人生は、本当に、それでよかったのだろうか……。

峰子の指が、写真を差す。

「この写真の美しい虚像《きょぞう》は、殿方の理想です。一度の人生、誰かの理想に沿うように生きねばなりませんか。わたくしはそうは思いません」

迷い無く、きっぱりと言い切る峰子に、圧倒される三人だった。

帰りがけ、峰子に「みなさまも、資生堂にはよくいらっしゃるの？」と聞かれる。

いきなり資生堂の話が出たものだから、銀がむせる。

「いえ……まだ一度も」

「最初の日、みなさんで資生堂のソーダの話をされていたから、いつも、よくいらっしゃるのかと思って」

「一度は行ってみたいのですが、わたくしどもには、なかなか……」

銀が苦笑しながら言うと、峰子は頷いた。

「総支配人とは懇意《こんい》なので、先に話しておきましょう。写真のお礼に、好きな物を召し上がってください。いつでもいらして」と言い、峰子は本当の名を教えてくれた。

「ヒャアー！」と叫ぶ銀の口を、シズと基美が両側から押さえた。シズと基美が畏まって「……たいへん畏《おそ》れ多いことでございます」「お心遣い、誠に感謝いたします」と一礼した。

からっと晴れた爽やかな七月のはじめ、ミンミンいう蝉の声があたりに響く。青空に白い雲がこんもりともりあがっているのが、もう、銀にはアイスクリイムのようにしか見えない。

煉瓦の街、銀座。広い道の両側に、煉瓦造りの洋風建築が建ち並び、道のきわには街路樹、アーク灯の電灯もずらりと並んでいる。歩道すらも煉瓦敷きだ。黒塗り金紋の馬車が、毛並みのいい二頭の馬に曳《ひ》かれていく。

絵で見た外国みたいだ……。

時計店の大時計を見上げて通り過ぎ、銀たちはあちこちキョロキョロしながら歩いた。下駄の音が、歩道に敷き詰められた煉瓦にカコカコ鳴る。隅から隅までハイカラな雰囲気に、なんだか不安になり、三人娘で団子のようにくっついて歩く。

満を持しての銀座なので、持っていた着物の中で、一張羅《いっちょうら》を三人とも着てきた。一張羅とはいえ、銀と基美は木綿の単衣《ひとえ》で、基美はいつもより少しばかり柄が凝《こ》ったもの、銀はおろしたての着物。シズはお姉さんからのお下がりの、うすものを着て化粧もし、いつもより少し年上のお姉さんに見える。

外国人が談笑しながら、葡萄酒《ぶどうしゅ》か何かを飲んでいる洋食店の隣には、香ばしいような良い匂いが外まで漂ってくる舶来パンの店があって、銀は店頭に見える棒のようなパンを、「あれはどんな味だと思う?」とじっと眺める。「お銀ちゃん、今日は目的が別だよ」と基美に促《うなが》される。ツバメが滑るように、自転車の紳士がさっと前を通り過ぎて行く姿に見とれる。

その隣の、ランプが所狭しと並ぶランプ店には、珍しい新式ランプが置いてある。見事な曲線で、すりガラスのドームのようになっており、それを支える部分も、蔦《つた》のような植物の繊細な彫刻でできている。ガラスがキノコのように張り出したものや、銀よりも背の高いものも。きっと洋風屋敷にはよく似合う。釣ランプに箱ランプ、ランプのかさの、何色とも言えないような、様々な色彩が透けている。

「あの丸いランプは桃に似てていいなあ」と言う銀に、「えっどこどこ?」「そんなランプある?」と探し回り、「お銀ちゃん、あれのどこが桃なの」「食いしん坊にもほどがあるわよ」と二人して言われて笑う。いろんな店を、あれがいいこれが素敵と三人でお喋りしながら、外から眺めるだけでも楽しい。

舶来ものの洋装を取り扱っている洋服店では、大礼服《たいれいふく》を着せた武官と文官の人形が、表を向いて立っていた。シズが立ち止まって、女性用の西洋服もあるのをめざとく見つける。見れば帯が無く、袖も、腕の中程までで切れている短いもので、そんなものを着たら腕も脚もにゅっと出るだろうに、と銀などは妙な感じがしたものの、「マア……透けるような絹ね、美しいわ……絹に透かし織りを重ねて、裾にはビーズの刺繡!」と、今度はシズが離れぬので、「ハイハイ、シズさん急いで急いで」と急かす。

道の中ほどで、馬車鉄道の馬が、二頭立てで蹄《ひづめ》をカポカポいわせながら客車を引いていく。来年からは、馬車の替わりに路面電車になるという。

道端の柱の上の方に、妙な線が見えると思ったら、基美曰くそれは電線で、電話線も一緒に上の方へかかっているらしい。声がどうやってあの線の中をゆくのか、不思議な気がした。

世の中は、こんなにもどんどん変わっていくのだな、と銀は思う。

三人でいろいろと銀座を見物しながら、銀座八丁目まで来たら、向こうの角に、丸いドームの交番が見えた。その後ろに控える、堂々たる二階建ての洋風建築。

黒塗りでピカピカの人力車が止まっているところを見ると、人力車で来たお客さんもいるのだろう。銀が思い描いていた、いわゆる薬局の予想図とは全く違っていた。ふつう薬局というと、どこも古めかしい金看板がかかっていて、屋号を染め抜いた暖簾《のれん》に日よけ、怪しげな臭いが漂い、見ればすぐ、アア薬局があるな、とわかるのだが、資生堂薬局に関しては、円柱が立ち並び、二階のバルコニーにはぐるりと洋風のレリイフ、その規模の大きさと、開けた様子にただただ圧倒され、三人はしばらく入りもできず、外から眺めていた。ハイカラの極みだ。

「すごいね……」基美が言う。

道の向こうから見てもわかるほどの、これぞ上流階級、といった出で立ちの若奥様が、女中を従えて、悠々と店の中に入っていく様子が見える。

資生堂薬局の創業者、福原有信《ふくはらありのぶ》は、明治三十三年のパリ万国博覧会をはじめとして、欧羅巴《ヨーロッパ》の国々を視察。アメリカにも渡ったが、そこで日本にはまだない、ドラッグストアの営業形態を目の当たりにしたのだった。アメリカのドラッグストアは薬を売る一角で、軽い飲食もできるようになっていた。薬局への信頼に加えて、安全で滋味《じみ》のある飲み物。それを見て、日本の資生堂薬局でも、この事業を展開しようと閃いた。西洋の最新文化を、いち早く日本へ――上流階級で評判になれば、その評判は他の客層へ、全国へと波及していく。

普段だったら入りもできぬであろう、その高級かつ洗練された雰囲気に、銀たちはすっかり呑まれてしまった。

いまは午後のお茶の時間、ぐずぐずしていてはすぐに夕方になってしまう。

資生堂の中に一歩足を踏み入れると、調剤薬局の部と、化粧品の部に分かれているのが見える。棚や机にずらりと並べられた化粧品の瓶が色とりどりで、銀たちは吸い寄せられるように寄っていき、わあ……と声を上げた。

化粧品側の奥の一角に、あか抜けた着こなしのお姉さま方がいて、談笑しながらソーダ水を飲んでいるようだった。裕福そうな紳士も一緒にいる。どうやらその一角が、目的のソーダファウンテンらしい。

「さっき来る途中、見番《けんばん》を見かけたから、たぶん新橋のおねえさんたちね」とシズが小さく言った。ということは、きっと羽振りの良い若旦那と、売れっ子の芸者衆たちなのだろう。何というか、その談笑する様子が、とても様になっている。大人の嗜《たしな》み、という感じがする。

白手袋を嵌《は》めた青年の給仕がやってきて、三人は一瞬、皆が皆の背中に隠れるみたいにしてもぞもぞしたが、アイスクリイムソーダ食べたさに、銀が、「ご、ご招待を受けました、女子写真伝習所の者です。夏山と角原と水野です」と名乗り、例のお嬢様の名前も出したら「伺っております。お待ちしておりました」と大人に言うような口調で言われ、どぎまぎした。

さっそく奥の座席に通された。壁ぎわに、オルガンのような格好の、金属でぴかぴかした巨大な機械を見ながら通り過ぎる。どうやらそれがソーダ水の製造機らしい。

テエブルも椅子も舶来の品で、青年の給仕がさりげなく椅子を引いてくれるので、こわごわ座ってみる。テエブルの上には、一点の汚れも無い、まっ白い布が敷かれている。

給仕に、「アイスクリイムソーダを」「わたしも」「わたしもお願いします」と言い、注文。味が選べるということだったので、「ではレモンで」「わたしも」「わたしもお願いします」と言い、皆でレモン味のソーダ水を頼んでみた。

しばらくして、白手袋の給仕の手によって、運ばれてきたアイスクリイムソーダが、三人の前にそっと置かれる。

澄んだ黄色をしたソーダ水の中に、小さな泡がいくつもいくつも、とめどもなく上り、そのきらめきは何やら魔法水のよう。泡はすぐに終わるのかと思っていたら、どこから湧いてくるのだろう、いくらでも湧き出してくる。終わりの無い泡の上昇、ガラスの表面にもきらめく小さな宝石の粒、何時間でも見ていられるようなその素敵な眺めに、三人ともしばらく声も出せなかった。

そのソーダ水の上には、憧れのアイスクリイムが丸くのっている。驚いたのは、その背の高いグラスのへりの薄いこと薄いこと。こんな薄いガラスの器は初めて見た。「あめりかだ……」銀は呟いていた。

ちらりと隣のテエブルの、粋なお姉さん方を見れば、そのまま湯飲みのように持って飲むのではなく、グラスを持って、細長い筒のようなもので優雅にソーダ水をすいっと飲み、グラスを置いて、銀のスプンでアイスクリイムをすくって食べるものらしい。

一口飲むと。

銀の中でレモンなる爽やかな香りが鼻へと抜けていき、口の中で、キンキンに冷えたソーダ水の泡がシュワッと弾ける。銀の中でまだ見ぬ文化への憧れも弾けた。

……船来……あめりか……新文化……夢の洋行……開化……

三人で目を見合わせる。

ひとすくい、アイスクリイムをすくって口の中へ入れると、ソーダ水とはまた違って、とろりと舌の上でとろけていく贅沢な甘みと滋養《じよう》、そのなめらかな冷たさに目を見張った。

アイスクリイムをひとすくいすくっては食べ、すいっとソーダ水を一口飲み、レモンの酸味が口の中に弾け、その未知の冷たさは、するりと喉を通っていく。

そろそろ飲み終わるというころ、基美がしみじみとした顔をした。

「峰子さん、女医になるための勉強をなさるのね……すごいわ。いろんな反対を押しての進学だもの。峰子さんは、やりたいことを諦めなかった。わたしたちもしっかりやろう、というか、やらなくちゃって気になった。これから勉強も実技も頑張らなきゃね」

「わたしたちはどうするの」シズが言う。

「どうするって何が」

「将来よ、将来」

そう聞かれて、銀は得意げに胸を張った。

「わたしは女性写真家になって、海を渡って大成功、このソーダアイスクリイムを浴びるように飲みたい、毎日飲みたい。世界中の美味しいものの写真をぜんぶ撮りたいし食べたい」

銀がそう言うと、基美もシズも「お銀ちゃんらしいわ」と笑った。

「シズさんは？」と聞かれて、シズは「わたしは、そうねえ……」と少し考え込み、「この前、先生が、三越にも、写真館がそのうちできるかもしれないとおっしゃっていたから、最近女子社員も採用するようになったことだし、腕を磨いて、そういう流行の先端のところで採用されるように頑張りたい。そうすればいいご縁も広がると思うし」

「じゃあ、基美ちゃんは」と銀が問う。

「わたしは婦人雑誌で仕事をしてみたい。婦人記者でもいいし、写真師としてでもいいし、両方が理想」と言う。

「雑誌かあ……面白そうね」とシズが言う。「新しいものもたくさん見られそうだし」

「今はまだだめだけど、記者として実力を付けたら、いつか、自分の故郷のことを写真に撮りたいし、撮って残しておきたい。写真でないと伝わらないことも、この世にはたくさんあるから」

基美はさらっと言ったが、聞いていた二人は黙った。基美の故郷は渡良瀬《わたらせ》川の近くだと聞いている。ある時を境に、足尾《あしお》の山の木々が根こそぎ枯れ出し、豊かだったはずの山は、少しの雨でも崩れてしまうようになったのだという。土砂は、村の田畑を押し流し、基美は故郷の村をうち捨てて、移らざるを得なかった。詳しいところまではあまり語らなかったが、二人とも、その経緯は少し聞いて知っていた。

基美の神童ぶりは有名で、このまま埋もれることを心配した遠縁の親戚が、資金を援助したという噂も聞いている。地方の期待を背負っての入所でもあるのだろう。基美が身体も弱いのに人一倍努力しているのは、その故郷に対する使命感もあるのかもしれなかった。

「でもまあ、いろんなところに記者として行ってみたい」と、基美が笑って付け加えた。

透き通ったシロップを眺めながら、三者三様の未来を、泡の向こうにそれぞれに思い浮かべる。

食後、「こちらはお土産でございます」と赤い瓶を渡されるや、シズが「キャッ」と言って目を見開いている。なにやら液体が入っている。

「ワア、こっちは何味だろう。ぶどうかな、いちごかな」と喜んだ銀に「お銀ちゃん知らないの？　これ、オイデルミンよ、資生堂薬局の化粧水！　ああ、これ憧れだったの……今日はもう……もう、夢みたい……」

と、シズがその赤い瓶を持って、頬ずりせんばかりになっている。その赤い瓶、美しいガラスに、葡萄酒のような赤い化粧水がなみなみ入っており、ラベルも金地に薔薇《ばら》が咲き誇る豪奢なもの。栓も、丸い飾りがついたガラスで、金の封がしてあり、とにかく佇《たたず》まいから何から、現代的で美しい。

ソーダ水を頼んだ客には、オイデルミンを一本お土産につけるという、この資生堂薬局の試みは大評判なのだった。

店から出て、通りの向こうを見れば見事な夕日、煉瓦作りの建物に西日が差して、さっきの、口にシュワッと弾けた、初めての味を思い出す。

その夜、銀は銭湯から帰ってきて、そのオイデルミンなる化粧品を、ほんの少しだけ手に取って、頬に付けてみた。良い香りがして、とたんに肌がすべすべになった気がする。ぺたぺたと叩くように、頬を触ってみる。

眠る前、今日のことを忘れないように、銀はたべもの帖に、今日の夢のようなアイスクリイムソーダを描いた。隣に、三人の宝物となったオイデルミンも描いてみる。〔資生堂薬局、魔法のやうな美麗《びれい》なる飲料アイスクリイムソーダ〕〔舌にて洋行

に出たる気分なり〕〔その美味なること、この世の夢〕

いつか写真師として独り立ちして、あの資生堂薬局のアイスクリイムソーダを、たびたび飲めるような身分になったら、どれだけ気分がいいだろう。食べたいものや、飲みたいものが、まだまだこの世にたくさんあるのは、嬉しいことだと銀は思う。世界には、まだ知らない美味しいものが山ほどある。ぜんぶ見て、ぜんぶ味わってみたい。

銀は峰子を思った。きっと峰子も、他人に全部を決められ、歩きやすいように整地された道よりも、自分のまだ見ぬ道を、自分の足で歩いてみたくなったのだろう。

人生のはじめてを、たくさん識るために――

ヨシ明日も頑張ろう、と銀は思い、描いたばかりのアイスクリイムソーダを眺める。ランプのそばでオイデルミンの赤い瓶が、光をうけて赤い影を落としている。

その後。ある日突然、女子写真伝習所に、英国製、最新の写真機一式が寄贈されて、教師陣は目を回した。その送り主の名前が、女医として轟《とどろ》くのは、もう少し先の話だ。

第三話　ヘイズ先生と凮月堂シュークリイムの悲劇

夏も盛りを過ぎて、日中はだいぶ過ごしやすくなってきた。教室の窓のところで鳴いていた蝉がちょうど鳴き終わり、静かになる。

休憩時間、銀は、例のたべもの帖を机の上に出して、腕を組みじっと眺めていた。

シズと基美が、今度は何だ、と思いながら見に行くと、もくもくと膨《ふく》らんだ饅《まん》頭《じゅう》のような絵があった。

「お銀ちゃん、今度は何？　ははあ、饅頭ね。どこの饅頭なの」とシズが聞く。

「美味しそうなお饅頭。中はこし餡《あん》なのかしら」と基美が聞くも、「饅頭は饅頭で美味いと思う。甘味の日本代表の座についてもおかしくはない。しかしながら、これは――」そこで、銀は机の上に手を組んで、しばらく黙り、「……饅頭ではないんだよ」と、もったいを付けて言う。

「これは、シュークリイムなるお菓子。たぶん、焼くときにシューッというさまで焼けるんだと思う」

「シューって何よ」シズが笑った。

銀は、小さい物が勢いよく膨らむ手つきをした。「こんな風に、シューッと音を出して勢いよく焼けるに違いあるまいよ」

「それで中は餡なの？　いや、舶来のお菓子だったら餡はないわね、クリイムだから、アイスクリイムとか？」

と、基美が見当を付ける。

「いや、アイスクリイムというわけではないらしい。ミルク餡が入っているとも言われているけれど、中はどうなっているのだろう……いったい、中には何が入っているのだろう……暑いところに長く置けないらしいので、きっとアイスクリイムの、親戚筋が入っているのだろうとは思う。凮月堂《ふうげつどう》に行けば食べられるらしい。どんな味なんだろう」

「凮月堂って、あの老舗《しにせ》の凮月堂でしょ、なら両国《りょうごく》だったかしら。今度、みんなで見物しに、歩いて行ってみる？」

うん、と銀が頷き「凮月堂の、真珠麿《マシュマロ》とやらも気になるところだけど、まずはシューッと膨れたシュークリームを一度食べてみたい」と言う。

ということで、三人とも頭の中で小遣いの算段をするも、そんな舶来の菓子ならきっと高価なのだろうな、と思って少し黙る。

菓子は菓子でも、銀たちは授業が終わって小腹が空いたら、よく三人で駄菓子屋に行く。三人行きつけの、伝習所の近くの駄菓子屋は、駄菓子屋兼、荒物屋で、鉄板が箱火鉢の上に置いてある。一銭出せば、蕎麦猪口《そばちょこ》に入ったどろどろ（たぶんうどん粉か何かであろう）を手渡してくれる。そのどろどろを鉄板に広く伸ばしていき、固まったところから、みんなで真ちゅうのへらでこそげて食べる。文字焼きだ。その他にも、あんこ玉や氷砂糖に干しあんず、干菓子《ひがし》に金平糖《こんぺいとう》、そういった細かい駄菓子などもガラス張りの陳列箱にぎっしり並んでいる。

暑くなってきたら、駄菓子屋はところてんに寒天も売った。他には、伝習所の食いしん坊を目がけて、太鼓を叩いて売りに来る「よかよか飴」などが銀たちの定番のお八つだった。どれもだいたい一銭か、高くても二銭で食べられる。

そんな話をしているうちに、「お銀ちゃんたち三人、監督室まで来なさいって鈴木先生に呼ばれてるよ」と声をかけられる。何かやらかしたかな、と銀は少し心配になったが、【写真よろづ相談所】の方は順調だった。あそこへいけば、伝習所の学生さんたちが写真の素朴な疑問や、問題を解決してくれるらしいと評判になっていることもあって、写真の相談に立ち寄る人は、毎日ぽつぽつと途切れなかった。

白い鬚の鈴木先生は、待ち構えていたように監督室の中におり、「よく来ましたね」と、三人に椅子を勧めてくれた。

「今日は、折り入って【写真よろづ相談所】の面々に、頼みがあるのです」

と、言い出すので、驚いてしまう。鈴木先生は写真家として高名、それに講師の先生方も写真界では皆、第一人者だ。それをわざわざ、学生達に何を頼むことがあるだろうか。

基美も、「懸命に勤めさせていただきますが、わたくしどもに務まりましょうか……」と、心配げだ。

「実は、ヘイズ博士というアメリカ人の教授が、【写真よろづ相談所】のことを聞きつけて、若いみなさんがたに、撮影をぜひお願いしたいと、直々に依頼があったのです」

アメリカ人の教授が【写真よろづ相談所】に撮影依頼とは、いったい何事なのだろう……。

「ヘイズ博士は、アメリカからいらして、日本の学生に生物学を教えておられる生物学の権威です。ヘイズ先生は、母国に残してきた母上や親戚へ、自分の写真と、帯同して日本に連れてきている、娘さんの写真を撮って送りたいのだそうです。しかしながら、それには問題があって……」

「どんな問題でしょう」とシズが問う。一流の写真師で撮れぬものが、半人前の自分たちに務まるだろうか。

「その娘さんは十四歳。ちょうどあなた方と歳の頃は似ていますが、写真を撮られるのを本当に嫌がって、うまく写真が撮れぬのだと言います」

この時代、写真は感材も発達してきたため、湿板写真だった昔のように、五秒とか六秒、カメラの前で静止しなければならないということは、もはやなくなった。撮ろうと思えば一瞬で撮れる。それゆえ、なかなかじっとしていない赤子や幼児でも、写真を撮ることができるようになったのだ。撮れないというのは、これいかに。

「撮れぬ、とはどういうことでしょうか。もしや暴れますか？」と、銀も疑問に思って聞いてみた。

「それが、ヘイズ先生は、娘さんの、笑った顔の写真が撮りたいのだそうです。〝日本で楽しく暮らしている、安心して欲しい〟と、故郷の母上や親族に知らせるために」

かつて、幕末に起こった攘夷《じょうい》運動で、日本に来た外国人が刀で襲われたという、外国人襲撃事件が各地で起こったこともあり、この明治の三十年代になっても、外国人、特に年配の人間の中では、東洋の日本は、得体の知れぬ国、まだRONINがいて、長い刀を差しており、外国人が行けば、斬《き》られるのではないかと心配する向きもあるという。

「娘さんの、笑った写真ですか？」シズが不思議そうに言う。

シズが不思議そうに言うのには理由があった。当時、笑って写真に写る人はまだ少なかったのである。写真師が指示を出して、演出して撮る場合を除き、にっこり笑って写真に収まるという習慣自体が、あまりなかった。人々が、写真に撮られ慣れていないということもあったが、いい大人は往来で大声を上げて笑ったりしないもの、淑女も笑うときには、オホホホと口を隠して、というような雰囲気があった。だから写真はたいてい誰もが澄まし顔だ。

「ヘイズ先生は、娘さんの笑った顔の写真を望んでいます」

鈴木先生はため息をつく。

「しかしですね……日本に来たくて来たヘイズ先生とは違って、娘さんはヘイズ先生の仕事で、仕方なく日本に来たという経緯があります。来たくもない日本に来て、なぜ笑いたくもないときに笑わねばならぬのか、と、どこの写真館でもしかめ面をして、先生は困り果ててしまっている。こんなしかめ面の写真を送れば、日本の暮らしがそんなに苦しく辛いのかと、母上にも親族にも心配をかける。かといって写真を送らぬのは、もっと故郷の親族達に心配をかけるだろうとして、困り果てておられるのです。もしかして、年の近いあなたがたなら、娘さんも、心を開いてくれるのではないかと思っての依頼です」

たしかに、厳粛《げんしゅく》な雰囲気の写場、厳めしい髭の写真師、周りは東洋人で外国人のおじさんに囲まれ、いろいろと姿勢や表情に注文をつけられ、「ハイお撮りします」。これで笑って写れというのはなかなか難しい。

まだ撮影には三人だけでは心もとないので、撮影自体は、鈴木先生が行ってくれることになった。

「わかりました。我ら【写真よろづ相談所】が、ヘイズ先生の娘さんの笑った顔を、必ずや撮れるよう、お手伝いをいたしましょう」と銀が言い、三人で撮影の準備をすることになった。

ここに、絶対に笑わないアメリカ娘、対する、絶対に笑わせて写真を撮るぞと燃える日本代表【写真よろづ相談所】の三人娘、闘いの火蓋《ひぶた》が切って落とされたのだった。

シズは、「こういうときもあろうかと、まだ三味線は置いてあるの。どんな曲でも弾いてみせるから任せて」と言い、心強い。

三人で流行りの唄を練習したり、シズ監修のもと、踊りの猛特訓が始まった。

撮影の日、撮影には伝習所の写場を使った。

会うなり、アメリカ人、ヘイズ先生が大柄であることに驚いた。髪の色、手などの大きさも、日本人とは何から何まで違う。目の色も見れば見るほど深い緑色をしていて、でもとても優しそうで、「こにちわ」と訛りのある日本語で挨拶をした。銀たちも失礼のないように、語学の授業で習った通り「ぐーど、もーにんぐ」などと挨拶をする。

そこへ現れたのが、娘のマーガレットなのだが。

同じ歳くらいだと聞いていたのに、ずいぶん年上に見える。西洋人の歳はよくわからない。しかも背が高い。シズが一番大きいのだが、それよりもずっと背が高くて、もう大人みたいだ。

一応、写真を撮るということで、綺麗な洋服を着てきたらしいが、険のある表情で、何から何までおもしろくないように ふて腐《くさ》れている。ここに連れてこられること自体が、もう嫌だったようで、銀たちに挨拶もするにはしたが、嫌々なのはよくわかった。

腕を組み、いらいらとした様子でキッと天井なんかを睨んでいる。お愛想で、笑顔を浮かべてみせることもしない。

ヘイズ先生は、あれこれ英語で言うも、当のマーガレットはそっぽを向いて「の」、「の」などと言っている。

隅でこっそりと基美が「〝の〟は嫌だって意味でしょ、手強そうね……」と呟いた。銀にしてみれば、あんな風に父親の前で腕を組んで、「の」などと言うこと自体がちょっと信じられないというか、アメリカは日本とは本当にいろいろと違うのだな、と思ってひるみそうになる。

ヘイズ先生は生物学の権威で、学生には相当厳しいという話を聞いていたのだが、自分の娘には、日本に連れてきたという負い目もあってか、あまり強くも言えないらしく、どこかおろおろとしている。

よし。

始めるよ、の銀の目線で、シズの三味線が始まった。手拍子を合わせる。

「かっぽれかっぽれ、かっぽれかっぱれ　ヨーヨイトナ　ヨイヨイ」

片足を上げて、けんけんでくるりと回ったり、手を上げて振ったり、いろいろ頑張ったものの、肝心のマーガレットはぴくりとも笑ってない。

「ヨイトサッサッサー」と、かっぽれが終わったら、ヘイズ先生のほうは大喜びで立って手を叩いているが、娘のマーガレットはパチパチ、と二回だけ手を叩いて、そっぽを向いている。

次の手行くよ、と隅に引っ込んでいって、銀と基美はお互いに、顔に墨で猫の髭や何やらを描き、つぶった目を猫目に塗りつぶして猫の顔にした。二人で徳利《とっくり》を箸で叩いて太鼓の替わりにする。

「猫じゃ猫じゃとおっしゃいますが……オッチョコチョイノチョイ」

徳利を持って、猫がだんだんよっぱらう雰囲気でふらふらしてみる。部屋の隅で鈴木先生が肩を震わせて笑いをこらえているが、笑わせたいのはそちらではない。

マーガレットはピクリとも笑っていない。

その後もオッペケペー節、二人羽織《ににんばおり》などして煎餅が目に入ったりしたが、ヘイズ先生ばかりが笑って、マーガレットは本当に笑わないのだ。

もうすべて出し物は出し尽くしてしまったが、笑う気配は微塵《みじん》もない。

困った……、と銀と基美とがシズの顔を見るも、（もう全部演《や》っちゃったよ）と、首を横に振る。

変な間が空いて困ってしまう。鈴木先生が、今日はもう仕方がないと、撮影を切り上げようとした瞬間、銀は、心の叫びを歌っていた。

「シュークリイムーうう――、ああシュークリイムーうう――」

謎の唄である。シズは基美と目を見合わせ一瞬固まっていたが、そこはお座敷で鍛えた腕で、シズが即興の節の伴奏をつけた。

後が続かない。

銀はこの前習った英文を思い出す。「あい」は、わたくし、「いーと」は食べるだ、と思いつつ。美味しいは「でりしゃす」。

「あい、いーと、シュークリイムーうう――、ああシュークリイムーうう――」

すると、今までふて腐れていたマーガレットの顔が急に赤くなった。初めての反応だ。

「シュークリイムーうう――、ああシュークリイムーうう――」「さあドウスルドウスル」開き直ったのか、シズも腹をくくって合いの手を入れる。基美も、(何なんだろうこの唄)と顔を真っ赤にしながらも丼を打ち鳴らし始め、「ハイ、シュークリイムーうう――」と声を合わせた。

「あい、いーと、シュークリイムーうう――」ぱくぱく、と銀が口にシュークリームを入れる身振りをした途端、ぷっ、とマーガレットが吹き出した。

何か知らぬがうけている。

よし、と勢いを付けた三人が謎の唄、「あい、いーと、シュークリイムーうーー」を歌いまくり、シュークリイムの舞いを舞うと、マーガレットは腹を抱えて笑い出した。涙を流して笑っている。笑う様子はどこの国も変わりない。

そこへ鈴木先生がすっと寄ってきて、写真機を調整したら、またすぐにマーガレットは真顔になりそうになるが、「でりしゃすーうーー、でりしゃすーうーー、シュークリイムーうーー　パクパク～」と節をつけて歌うと、もうだめで、げらげら笑う。

少々笑いすぎの感もあったが、無事に笑顔を写真に収めることができた。

お腹を抱えて笑った後、マーガレットはすっかりほぐれた雰囲気になっていて、父親のヘイズ先生に何か言っている。ヘイズ先生は、それはいい、と頷いて、銀たちを（こちらへおいで）と招いた。

ヘイズ先生が、鈴木先生に何か英語で言う。鈴木先生が、「マーガレットさんが、ぜひあなた方と写真を撮りたいと言っています」というので、照れながら、三人がマーガレットの側に寄る。マーガレットは銀の隣に立った。頭一つよりまだ高い。何か言っているがよくわからない。でも喜んでいるのはよくわかった。

「シュークリイムーーうーーでりしゃすーー」

と、先ほどの謎のシュークリイム節を歌うと、やはりマーガレットは笑って、銀たちもつられてゲラゲラ笑った。

鈴木先生も笑って、「もう撮りましたよ、良い写真が撮れた」と褒めてくれた。

マーガレットが一人一人に右手を出すので、手を握ってみた。マーガレットの手は大きくて、言葉もわからなかったが、女の子はどこの国の子も女の子だな、と思った。

鈴木先生とヘイズ先生が何か言っている。

「助手の君たちは奉仕活動です、と言ったのですが、どうしてもヘイズ先生が、この撮影のお礼を何かしたいと言っています。わたしは部屋の外で知らない振りをしていますから、何か欲しいものをヘイズ先生に頼みなさい」と鈴木先生が笑って言う。

ヘイズ先生が「ありがと、ございました」と言い、何か早口の英語で話す。よくわからないものの、今日のことにとても感激しているようだった。

手で、何かを渡す身振りをしているので、銀が、「シュークリイム！」と言ってみた。

ヘイズ先生も頷き、力強く「シュークリイム」と言った。

二人とも笑顔で帰っていった。マーガレットは人力車が見えなくなるまで、身を乗り出して手を振ってくれた。

鈴木先生は今日のことをとても褒め、写真を三人にも紙取り《プリント》して、額に入れて渡してくれる。

顔に猫の絵が描いてある銀と基美、三味線を持ったシズの三人組と、マーガレットが声をあげて笑っている。銀はいい写真だな、と思った。

その後、三人が【写真よろづ相談所】にいると、人力車夫が「こちら、【写真よろづ相談所】で間違いありませんかい」と聞いてきた。

「ええそうですが」とシズが言うと、「へイ少々お待ちを」と言って、人力車夫が車に戻り、一抱えもあるような箱を持ってきた。

ヒャアーと銀が声を上げる。

「ヘイズ博士から【写真よろづ相談所】へ、お礼のお届け物です。この机の上に置いときますね」と言う。

銀は箱を前に「こんなにシュークリイムが食べられるとは夢のようだ！　猫じゃ猫じゃを踊った甲斐があった」と大喜び、三人で、さあ食べようと箱を開けるな

り、

「あれ？」

　基美が声を上げた。

「……シュークリイムは？　わたしのシュークリイムはどこ？」

　シュークリイムはどこにもない。箱の中には小箱がぎっしりと詰まっている。

と、銀が中の小箱を開けて見るも、小箱の中には平たいガラスの入れ物。その入れ物の中に、白い脂のような物が入っているのみである。

「お銀ちゃん、これ見て……ここに、〝SHOE　CREAM〟とある。SHOEは、ここに絵もあるから、たぶん、洋靴のことね。〝シュー〟」

　銀は、この世の終わりのような顔色になった。

「……シュークリイムは？　わたしのシュークリイムは？　いま口も、胃も腸もシュークリイムの形になっていたよ？　でもこれ、食べられるんじゃない？　同じクリイムだし、ふふふふ……」

と入れ物を開けてむさぼり食おうとする銀を、二人がかりで羽交《はが》い締めして「だめよお銀ちゃん、こんなの食べたらお腹を壊すわよ！　なめし革の脂よ？」「早まっちゃだめ!」「きっと食べられる! これはクリイムだ! きっとそうだ!」「お銀ちゃんが乱心した!」と大騒ぎになっているところを、「何やってんだ、うるせえぞ」と京一郎が来て、銀の口にパンを放り込んだ。

「餡パン食べるか?」と基美とシズにも聞き、一個ずつわけてやる。

「これどうしたんです、京一郎さん」と基美が聞くと、「何か知らぬが、俺が歩いてると、本科生がいろんな物をくれるんだ。〝これよかったら食べて下さい〟とか言ってさ」などと言っている。

銀は、ぼろぼろ泣きながらも餡パンは食べた。食べながら泣いた。

「なぜこんなことに……こんなことがあろうか……」

「泣くなよもう一個やるから」

というと、銀は左手で涙を拭いつつ右手を出して一個受け取り、またオウオウ泣く。基美が京一郎に経緯を説明した。

「シュークリイムだろ、〝シューズ〟で洋靴。〝クリイム〟で、合ってる。あと、シュー自体、英語じゃないぞ、たぶん」

もぐもぐしながら銀が顔を上げた。まだひっくひっく言っている。

「シューは、焼ける、ときの、音では?」

待ってろ、あるかな……と京一郎が、ぼろぼろの辞典を袋から出した。「ええと、シュー。シューは……あった。chou、やっぱり英語じゃない、仏語だ」

ああ……と、三人はがっかりする。アメリカ人であるヘイズ先生には、シュークリイムがうまく通じず、替わりに洋靴の革脂が贈り物として来てしまったようだった。

「と、いうことは……」

娘のマーガレットも当然そうで、日本人の学生ら三人が突然、「おいしい、おいしい洋靴の革脂ー、わたしは、洋靴の革脂を食べるーぱくぱくー」と歌い出したということになる。

「そりゃ笑うわ」と基美が言った。

銀をはじめ、シズも基美も下駄か草履、京一郎も下駄で、誰ひとり洋靴など履かぬのに、洋靴の革脂だけは、ここにぎっしりとある。

ヘイズ先生に咎《とが》があるわけではないので、この贈り物を返し、「シュークリイムの間違いでした。靴のクリイムでなくて、お菓子の方をください」とは、いくらなんでも言えず。贈り物を、どこかで売ってしまうのも憚《はばか》られた。

とはいえ、ここで置いていても仕方がないので、ひとまず、洋靴の店に持っていって、使ってもらおう、という話になった。

四人で手分けして風呂敷に包み、とりあえず浅草《あさくさ》を目指してみる。京一郎の話では、浅草には昔から皮革関係の店があり、皮革を扱う職人のための学校もあったので、洋靴を仕立てる店もいくつかあったはずだという。では、この革脂を必要とする店もあるかもしれない。

上流階級の中では洋靴は流行り始めていたものの、庶民の間では依然、軍靴以外の洋靴は、なかなか普及していなかった。

まだこのころはお店――特に呉服店など、上がりかまちを持つ店も多かった。上がりかまちで、履き物を脱いで店にあがって買い物をする。土足は厳禁だ。そのため、すぐ脱げる草履とは違って、洋靴などでは手間取ることも多かった。どこまでも靴で入っていける西洋建築ならいいが、日本の生活習慣には、まだ洋靴が合っていなかったのである。

四人でテクテク歩いていくと、鉄橋の吾妻橋《あずまばし》が見える辺り、うなぎ屋が二階建てになっているのが見える。もうお昼を過ぎているので何の匂いもしないが、きっとお昼時には、うなぎの良い匂いの煙が、あたりにたちこめるのだろう。

ようやく見つけた洋靴店に革脂を持っていくと、「これは……舶来の革脂じゃないか。最新のものだし、すごく上等なものだ。こんなにたくさん、どうしたんだい?」と店主に聞かれる。事情を説明して、お礼としてせっかくアメリカ人の教授にもらったけれども、わたしたちは草履や下駄で誰も使えぬので、使うところがあれば、お役立てくだされば、と言った。

店主がお金を払おうとするので、「いえいえ、お店で使ってくださったらそれで結構なんです」と言っても、払う、もらえない、いや払う、いえいえもらえない、の押し問答になる。

「お嬢ちゃんたちは知らないかもしれないが、この革脂はとても高価なものなんだ。もらうばっかりじゃ、おじさんの気持ちが落ち着かないよ……。それならこうしよう、うちの商品の、これと交換しよう」と、まっさらで綺麗な女物の洋靴を一足もらった。その洋靴は、黒い革がつやつやしていて、半編み上げ、踵《かかと》も高くなっており、とても優美だ。上流階級のお嬢様なら、束髪にリボン、海老茶袴に編み上げ靴をあたりまえに履きこなしている人も多いのだが……。

礼を言って往来に出る。

「革脂が、今度は洋靴になったわね」とシズが笑った。

「シズさん、これ、履く？」と言ってみるも、首を横に振り、「わたしはまだいいわ……袴の下に履くのもちょっと窮屈《きゅうくつ》そうだしね。まだ暑いと思うし。基美ちゃんはどう？　お銀ちゃんは？」

草履なら足は解放されているが、この洋靴は革で足を包み込んで、その上に、革紐でもって、ぎゅっと縛《しば》るようになっている。たしかに綺麗で現代的だが、足が窮屈そうではある。

「わたしはいい」「わたしも」と二人して言い、誰も使わぬ革脂が、今度は誰も履かぬ女物の洋靴になった。

「じゃあこれ、新品だし、今度はどこかの洋品店に持っていけば良いんじゃない？」とシズが言い出し、四人で洋品店を探してみる。

浅草を南へ、どんどん隅田川《すみだがわ》沿いに進んでいく。厩橋《うまやばし》あたりになると、風に乗ってどこからか囃子《はやし》が聞こえてきた。川沿いには大きな料理屋がいくつも見える。きっと夜になれば、隅田川両岸の料理屋の灯りが、水面《みなも》に映えて綺麗だろう。屋形船も出すのかもしれない。

道沿いに、メリヤスの手袋が交差した看板が見えてきた。どうやら、舶来物をとりあつかう洋品店らしい。店の中を見れば、洋品の帽子や手袋、煙草《たばこ》に使うらしき道具もある。ここなら靴も扱っているんじゃないか、と思い、銀たちは洋品店に入っていくことにした。

銀が洋靴を出すと、洋品店の若女将に「これどうしたんだい？　盗んだんじゃないだろうね？」と、ギロリと見られたので、銀はしどろもどろになり「いえ、青い看板の洋靴店のご主人が」「青い看板？」と、また疑いの目で見られる。すかさずシズが割って入って、最初、贈り物で靴の革脂をたくさんもらったこと。それを使わぬため、洋靴店に持っていったら、この洋靴をくれたという経緯をてきぱきと説明した。

「ああ、吾妻橋のあの角の店ね。青看板って言うから、なんだと思ったわ」と若女将も納得し、「靴店の人に聞いてくだすっても結構です」と賢そうな顔で基美が言うと、ようやく若女将も信用したようだった。「この靴、たいそうな高級品だよ。うちでも、そのままはもらえないよ。じゃあこれと交換でどうだい」と、福袋をもらった。

福袋とは、金梨地《きんなしじ》の口金がついた新製品の手提げだ。朱の塩瀬《しおぜ》に刺繍で細かく模様が描いてあって、金糸もふんだんに使ってあり、細工も手が込んでいる。高級品なのは一目でわかる。最近流行りだしており、街でも提げているのをたまに見かける。

　お礼を言って往来に出た。四人はまた頭を集めて相談する。

「基美ちゃん使う？　シズさんは？」と言うも、「毎日は使えないわ、だってこんなに綺麗なんですもの。刺繡をどこかにひっかけそうで怖いし」と基美は断り、シズも「何だか色も刺繡も鮮やかすぎて、わたしの手持ちの着物には合わないかも……」と言う。

「まあ、だんだん靴脂から、シュークリイムに形は似てきたんじゃないか」と京一郎が横から言うも、よくわからない。

　その福袋を持って、どこかこれを必要とするところがないだろうかと探しながら、ずんずん歩いていく。隅田川の水練場《すいれんば》が見えてきたので、基美の身体を休めるためもあって、少し木陰で休憩しようということになった。京一郎が「いいなあ……俺も飛び込みてえ。女の着物は帯も何も暑くってしょうがねえや」とつぶやく。船に櫓《やぐら》が立ててあって高さを出し、飛び込み台にしているのだ。残暑の中、少年たちがつぎつぎ飛び降りたりしている。ひとり飛び込むと、しぶきがドボンと大きく上がった。いきなり京一郎が今の女の格好のまま飛び込んだら、何事かと皆驚いて見るだろうなと思うと愉快《ゆかい》な気持ちになった。

川沿いをまだ歩いていくと、隅田川の中に立てられた、両国の百本杭《ひやっぽんぐい》が見えてきた。なんでも隅田川が曲がっているらしく、洪水に備えて、護岸《ごがん》のために太い杭をたくさん立てたらしい。杭の向こうに、一銭蒸気の船がゆったりと水面を揺らして進んでいく。

歩いているうちに、やっと両国橋が見えてきた。橋手前は広場になっており、よしず張りの茶店で一息ついている人がいたり、洋風三階建ての豪華な牛肉屋もあったりして、賑《にぎ》わっている。橋向こうは回向院《えこういん》、お参り帰りの人も多いのかもしれない。子供たちで賑わっているのは、どうやら吹き矢の的当てらしい。大当たりが出たのか、どっと沸いた。

さてこの福袋、どうするか、と思いながら銀がぶら下げて歩いていると、ちょうど、時計店で店番をしていた若奥様と目が合った。

通り過ぎようとしたが、どう見ても、この朱に目を奪われている様子。一歩進んでも二歩進んでも視線が付いてくる。声をかけてみることにした。

中には舶来物の時計、大きな置き時計から、懐中時計までたくさん並んでいる。

「あ、この福袋なんですけど、こうこうこういう事情で……」と銀が話すと、実はその福袋は、若奥様がずっと洋品店で狙っていた品らしく、「それじゃわたしに譲ってもらえないか」というので、喜んで渡した。

「これ、ほんとうに欲しいと思っていたから嬉しいわ。夢みたい」と若奥様はとても喜び、替わりに、ということで、懐中時計をもらった。小ぶりな懐中時計は、舶来のもので、小さな鍵がついており、それで裏のゼンマイを巻き上げるのだと教えてもらった。これで、革脂から洋靴、洋靴から福袋、福袋から懐中時計になったというわけだ。礼を言って外に出た。

「わらしべ長者みたいね」と基美が言う。

銀が懐中時計を手にするのは初めてだった。中で精巧な部品が組み合わさって、こちこちと動いている。見ていると不思議で、ちょっと心臓がドキドキするような心持ちになる。

「京一郎、使う？」

「いや俺はいいよ。行きがかりでついてきただけだからな。それに、時計は無くても、俺はなんとでもなるから」と言う。

その懐中時計を銀が提灯のように提げて歩いていると、人力車夫が絡んできた。

「やい海老茶袴のくせに、いい時計を持って、往来に見せびらかして歩いていやがる。親がかりで楽しやがって」

見れば、浅黒い肌に黒の法被《はっぴ》にねじり鉢巻き。腕っ節は強そうだ。

すっと京一郎が前に出て行くので「京一郎、喧嘩はやめなよ」と小声でたしなめたら、こうこうこういうわけで、と車夫の耳元、ささやき声で理由を話し始めた。

「というわけで、靴脂がいま、この時計にまでなったという訳です。お兄さん、よかったらいかがかしら？　たったの今もらったばかり、この通り、ピカピカの新品ですの」と、如才《じょさい》なく売り込んでいく。

車夫はいきなり耳元で囁くように話しかけてきたのが、たいそうな美女だったからか、照れながら笑う。

「時計かあ、そうだな、俺もいっちょ時計のひとつも欲しいと思ってたんだよなあ。この前、ピンころがしで大当たりしてよう、懐にゃいま、余裕があるんだ」

車夫がそこで考え込む。

「って、でも俺は交換する物が何もないしナア、どっかに乗せて行ってやる、っていうわけにもいかねえよ、俺でもさすがに四人いっぺんは無理だ」

京一郎がちらっと通りに目をやった。「では、あそこの店で、シュークリイムなる菓子と交換でも」と、指さした先にあるのは「凮」の文字。

凮月堂だ！

物々交換を続けている間に、いつの間にか四人は、凮月堂のあたりまで出てきていたのだった。

看板も大きく凮月堂とあり、かの有名な白扇《はくせん》に月の紋もかかっている。二、三台人力車が停まっているところを見ると、遠くからも買い物に来ているらしい。

凮月堂は早くからビスケット製造機も取り入れて、いち早く名声を摑んだ菓子屋の名門中の名門。近ごろ宮内省御用達《ごようたし》ともなったらしく、美味しいお菓子を求めて、お客がひっきりなしに入っていく。

車夫に続いて店内に入ると、ガラスケースに見たこともないお菓子が並んでいて、銀は「ワァ……」と声を上げた。白いふわふわはきっと真珠麿《マシユマロ》なのだろうし、栗を煮たのもある。色とりどりの洋風の飴も。ビスケットも整然と並んでいる。

「この子らに一個ずつ、何だっけ」「シュークリイム」「そのシュークリイムとやらをおくれ」と車夫が店員に言い、四人分を包んでもらった。

表で車夫が時計を受け取ると、愛おしそうに耳に当てたりして「ああこの音、いいな……本当にいい」と嬉しそうだ。

「ごちそうに！　なります！」と皆で言うと、「よせやい」と手を上げて、照れながら行ってしまった。「シュークリイムがやっとシュークリイムになった」と皆で大喜びだ。

凮月堂の外に長椅子があったので、四人で腰を下ろす。一人ひとり手に持ったシュークリイムは、ひんやりとして、不思議な手触りがした。

「皮は乾いているんだな。不思議だ……」そこで銀はハッとなる。この中の餡は、どう入れたのだろう？

「中の餡はどうやって入れたんだと思う？　餡パンのように餡を入れてから焼くと、外側だけが膨らむんだろうか……」と不思議に思って裏返したりしていたら、横の隅に小さな穴を見つけた。「ここから入れたんじゃないかしら」と基美が言う。

一口かじってみると。

香ばしい皮の中から、とろりひやりとミルク餡がでてきた。クリイムのようだ。そのクリイムのなんと滑《なめ》らかなことか！　これは人生はじめての驚きだった。世の中にこんなにふにゃりと柔らかくおいしい菓子があったなんて。飲み物のようでもあり菓子でもある。その飲み物をうけとめる香ばしい皮は乾いて、まさに手品のよう。

日本が開国してなによりだった……。両手でシュークリイムを持ちつつ、銀はしみじみ思った。これを食べずして人生を終わってしまった、代々の先祖たちに銀は心でわびた。

「アアー!! もう半分になってしまった、この半分を一生食べ終わりたくない！　わたしはこのシュークリイムを手に持ってこれから生活するんだ！」と銀が無茶を言う。あまりに切実な声で叫んだので、道行く人がちらっと銀の手のシュークリイムを見て、凮月堂に次々入っていったくらいだった。

銀は食べ終わったあとも、手をじっと見つめていた。

「おい銀、何してるんだ」と京一郎が言う。「シッ静かに、いま精神を統一してシュークリイムを手に覚えているところなんだから」

シュークリイムは滋養の塊でもあるのか、四人ともお腹がふくれて幸せな気分である。

さっきの車夫が来て、「おう、学生達は、家はどのあたりだい」と聞かれたので「皆、細工町《さいくまち》のほうです」などと銀が言う。

「菓子だけじゃあ、いくらなんでも時計の替わりにゃ安いから、帰り、乗せてってやるよ」と言う。二台を準備した、二人ずつ乗れという。

「お銀。お前、家は細工町か、俺も方向は一緒だ」と、京一郎は銀を連れて「じゃまた明日」とシズと基美に言い、二台あるうちの前にさっと乗り込もうとする。

「家が近いんだから、わたしとお銀ちゃんが乗るのはどう――」と言いかけた基美を、ちょっと肘でつついてシズが止める。「えっシズさん何」と基美が言うのを、シズは目の圧で黙らせた。

「じゃあわたしたち二人で、あとのに乗るわね」とシズが基美の袖を引きつつ言う。

基美はまだよくわかっていないような顔をしながら、「じゃあお銀ちゃんまたね」と言った。

何でシズが基美を止めたのかというと、女の格好をしていても京一郎はれっきとした男。この時代、男女で一台の人力車に相乗りするのは、なんというか、かなり色っぽい意味を持っていた。夫婦でも男女で乗るのはけしからん！　風紀を乱す！という怒りの投書が新聞に載ったこともある。「相乗り幌かけ、頬ぺた押しつけテケレッツノパアー」という唄もあるように、旦那衆が好みの芸妓を乗せたりして、男女のいちゃいちゃを連想させるような場所でもあった。不良女学生が何かと話題になる今日だが、シズはこのなかでは最年長、勉強には聡いが色恋沙汰にはまったく疎《うと》い基美にかわって、それなりに気を利かせたつもりだった。

「しかしながら、大丈夫かしらね、お銀ちゃんは……」と、シズがつぶやくと、前の方の車から銀が身を乗り出すようにして後ろを向き、「おおーい！　車はすごいね！　街が、みんなみんな高くから見えるよー！　ワハハハハハ」と興奮気味に叫び、手を振って高笑い。

二人して目を見合わせる。

「お銀ちゃんは色気より食い気ねえ……」とシズはひとりごちて笑った。

人力車が軽快に走り出すと、心棒《しんぼう》の鉄の輪がジリンジリン鳴った。車輪はゴム輪、車夫のお兄さんも元気者なので、アラアラアラッと声をかけ、ものすごい速さで進んでいく。通行人も荷車も、火の見櫓に街のあれやこれやも、全部後ろへすっ飛んでいくようだった。風が顔に心地良い。

銀は京一郎の腕をつかんで揺り動かす。

「アッほらあそこに羽二重団子《はぶたえだんご》の店が見える、見ろ京一郎っ、もちもちしてあの美味そうなこと、ありゃ絶対美味いにちがいない、ほら見ろ！」と大はしゃぎだ。

京一郎もちょっと笑って、「口の端にクリイムつけて……お前は本当に食いしん坊だなあ」と呆れたように言った。

人力車は速度を上げて、風を切るように進む。

第四話　神保町ミルクホール・ミルクセーキの亡霊

【写真よろづ相談所】の三人娘も、今日はたすきに前掛け、手ぬぐいを頭に被り、めいめい白皿に彩色絵の具を出して、大張り切りである。

写真はまだ白黒の時代だ。でも、写真でも美しい色彩を楽しめたら、と思うのが人間の自然な欲求。というわけで、色付き写真が欲しいというときには、一枚一枚、職人が白黒写真の上から絵筆で色を塗って仕上げていた。

この、手彩色《てさいしき》写真の歴史は古い。日本が外国に港を開いた幕末から始まっており、日本の景色や風習を撮って彩色した写真は、「横浜《よこはま》写真」とも呼ばれ、外国人向けのお土産物として、とても人気があった。かつて、錦絵などに携わっていた職人たちが、写真の普及により仕事を奪われ、この横浜写真の手彩色師に多く転向したという。

土曜日、鈴木先生が伝習所の学生たちに、彩色の手伝いを募ったのだった。なんでも、知り合いの工房の手彩色職人たちが、そろいもそろって貝の刺身にあたり、皆、寝込んでしまって納期に間に合わず、大変困っているのだそう。そこで、鈴木先生が学生達の中から、写真に彩色できる者はいないかと声をかけた。

【写真よろづ相談所】の奉仕作業ではなく、これはれっきとした仕事なので、給金もでるらしい。その彩色工房は、浅草、仲見世《なかみせ》のすぐ側だということで、銀たちも帰りに何か食べたり遊んだりしようと、朝はやくから工房に詰めていた。銀たちの他に数名の学生達がおり、その中に京一郎もいた。

最初はおっかなびっくりだったが、専用の塗料にも絵筆にもすぐ慣れた。もう、一枚数分で仕上げられる。

「さすが伝習所の学生さん達ですね、みなさん優秀で助かります」と褒められ照笑い。

銀たちは、次は桜の並木の下に、芸妓さんたち二人が歩いている写真を塗ることになった。見本を一枚真ん中において、この通りの色に塗ってください、と言われる。

さて、と塗り始めていると、京一郎が何やら、横から小声でちょっかいを出してくる。

「おい。海はもう飽きた。俺も桜を塗りたい。お銀はあっちで海を塗れ」など、ささやき声でしきりに言う。シズに「おやめなさいよ、お銀ちゃんも途中なんだから……」と、たしなめられるも、他の学生たちが集中してこちらを見ていないのをいいことに、写真を取りあげて返さないという、子供じみたことをやる。

基美も「いたずらが過ぎますよ」と怒ったが、京一郎は我関せずで、銀を押しのけて席に座ってしまった。

銀は「なんだい、もう……」と膨れて、仕方なく席をひとつ、ずれてやる。

それでも海の写真は、遠くに釣り人が一人、そこへ夕日が落ちてと、なかなか叙情的で良い景色だった。皆で一生懸命取り組んで、ようやく昼辺りで「ありがとうございます、これで全部できました。おかげさまで納期に間に合いました」と、工房長に礼を言われた。うず高く積まれていた写真の山は、いつの間にか全部なくなっていた。お金に余裕のない学生達をねぎらって、お昼におにぎりも出してもらった。

一人ずつお給金をもらう。思っていたよりも多くて嬉しくなる。

さあ、いざ浅草へ。三人娘と京一郎は、「毎日がお祭り」と言われるほど、賑やかな浅草寺《せんそうじ》の門前町、宝蔵門《ほうぞうもん》までがずっと見渡せる、仲見世の入り口のあたりまでやって来た。ちょうど秋で季候も良いころ、浅草公園の方角を眺めると、高くそびえる浅草十二階も見えた。

とりあえず、四人は、お駄賃《だちん》の入った巾着を握りしめて浅草見物——仲見世を通って浅草寺にお参り、それから奥山を抜け、かの有名な劇場街、浅草六区まで歩いていくという、定番の浅草めぐりをすることにした。いつもはお小遣いに余裕はないカツカツの四人だが、今日はお駄賃ももらったので、懐はいつもよりあたたかい。見るもの聞くもの、すべてに心躍る。

石畳がずっと伸び、仲見世の両側にはいろんな店がぎっしりと並んでいる。まめやに焼きもちの梅林堂《ばいりんどう》、紅梅焼きに八つ橋、雷おこし……銀は、何と何と何と何と、それから何を食べようか算段し出す。

「わたしはお父さんとおっ母さん、お祖母さんに絵はがきを書きたいな」と、孝行者の基美が土産物屋で絵はがきを探し始めた。ちょうど絵はがきは、ついこの前の明治三十三年に私製はがきの認可がはじまったところ。これにより、一気に、お土産ものとしての絵はがきが増えたのだった。田舎の両親とお祖母さんに、浅草十二階を見せたくて、と言う。見れば凌雲閣《りょううんかく》と池、凌雲閣と藤棚など、綺麗な絵はがきがたくさん並んでいる。

大日傘を沿道にいくつも立てているところがあり、何かと思ったら紙風船屋、瓢箪《ひょうたん》屋などの大道商人の店だ。どこからか、いい鳥の声がするな、と銀たちがきょろきょろしていたら、手ぬぐいを吉原かぶりにした売り子の男が、鳥の声真似をしながら菓子を売っている。そのうまさにびっくりした。他の人たちも通りながら、きょろきょろして鳥の姿を探しているのがおかしい。鳩までじっと聴きいっているようだった。

仲見世をいろいろ見ながら進んで、尖塔と、入り口に大きな鶴の飾りがある勧工《かんこう》場《ば》(百貨店)の前にさしかかった。シズがもう中に入りたくて、そわそわしている。中には簪《かんざし》など、素敵な小物もいろいろ売っている様子。

「わたし、ちょっと行ってくるわ」と言うので、それなら、ということで、銀たちは浅草寺にお参りしてから、浅草公園の水族館に行って、水族館前の茶店であんみつでも食べているから、後で落ち合おうということになった。銀たちが浅草寺にお参りして、奥山に抜けると、【大海驢《オオアシカ》、膃肭臍《オットセイ》、緑海亀《アオウミガメ》】という大きな立て看板があり、水族館の文字も見えてきた。黒光りするオットセイとアシカのつぶらな目に大喜びし、浦島太郎も悠々乗れるくらいの、亀の大きさにも驚きながら外に出る。

あんみつを食べていると、勧工場で何やらいろいろ買ったのか、風呂敷をぱつんぱつんにし、満足げなシズがやってきた。

浅草公園六区には、青空を刺すみたいに高く、劇場ののぼりがいくつもあがっている。見世物小屋の珍世界に、娘玉乗りなどの曲芸の劇場、だいたい五銭あれば面白そうな物がいろいろ見られるとあって、この六区は大人にも子供にも大人気なのだ。電気《エレキ》の見世物をやっている電気館もある。

「えー評判、これはこの度、江州《ごうしゅう》は伊吹山《いぶきやま》の麓《ふもと》で生け捕りました大蛇でござい！」などの見世物師の口上に、どこからか聞こえてくるジンタ、写真館の客引きが「お客さん浅草見物記念に撮って行きなよ」「撮って行きな」と道行く人の袖を引く。もし袖を引かれたら、（わたしたち、女子写真伝習所本科生です。えへん！）と勢いよく言ってやろうと思っていたら、ちょうど前にふらふら歩いている女が、その客引きに摑まっていた。

「お客さん、浅草見物記念に撮って行きなよ」というのに、その女が――

「あなた、わたしを二人写してください。写せますか」

と言う。

「二回って事ですかい」

「いいえわたしを二人です」

見ればその顔色も真っ白でおかしく、足取りもふらついていて、客引きは「そうですね、そういうのは、やってないんで……」と言うと、「撮ってください」「わたしを二人撮ってください」と女が詰め寄る。

ちょっと気味が悪くなったのか、その客引きは、「あ、すみません、店の交替がありやすんで」と言って写真館の中に入ってしまった。

その女の人は、ふらふらと歩いて行く。銀が気にして見ていると「おい、お銀どうした、行くぞ」と京一郎に呼ばれた。

「何かあったか」

「いや……別に」ジンタが耳の周りでうねるようで、変な感じがする。銀は何も気にしないでおこうと思い、「何でもない」と言って、待っている皆の所へ早足で急いだ。


その数日後、鈴木先生が、洋行していた時分の特別な伝手により、活動写真を伝習所内で見せてくれることになった。「写真を学ぶ学生達に、最新の技術を」と思ってのことだった。当時、まだ活動写真は、京都の芝居劇場で臨時に上映されたくらいで、活動写真の常設館は、まだ日本のどこにも存在していなかった。

銀も、活動写真というものがあるということだけは知ってはいたが、写真が動くなんて、ただの紙芝居の親戚や、影を映す幻燈《げんとう》仕掛けのようなものであろうと、うっすらと理解していた。

教室の教卓のところに白い布をかけて、窓を光よけの遮光布で覆い、そこへ活動写真を投影しようということになった。学生達は皆、椅子を運んで来て、隣と肩が触れるくらい、前の方へときゅうきゅうになって座った。話の筋は、月に旅行に行くという簡単なものらしい。

鈴木先生と、そのフランス人の技師の人は親しいらしく、何事かを外国語で談笑している。映写機は、レンズがあり、写真機の親戚のようななりをしていた。

「お銀ちゃん、楽しみね」と隣で基美が言い「珍しいわね」とシズも楽しみにしているようだったが、「いや、まあ帳面の隅に絵を描いて、それをパラパラめくると、動いて見えるというようなカラクリというだけだから、驚くのはまだ早いよ」などと言っているうちに、扉も閉まり、部屋は暗くなった。

カタカタ……と手回し映写機が動き出す。ぱっと目の前が明るくなった。

その短い無声映画が終わった。

「お銀ちゃん、なかなか面白かったわね」と基美が言うと、銀は前を向いて固まったまま小刻みに震えていた。「大丈夫？」

「月が……月に……キノコ……キノコが……人が月に……」

あまりの驚きに、言葉が喉につかえて出てこない。

銀は度肝《どぎも》を抜かれていた。動く写真で「活動写真」なのだが、それははるかに銀の想像を超えていた。

学者達が月面旅行に行くという短い話なのだが、月人間を傘で叩いたら、煙となってその場からかき消えたり、傘がキノコに変身してむくむくと急に大きくなったり。あまつさえ、月からの戻りは海の中に着陸したのだ。海の中では魚さえ泳いでいた。

どうやって撮っているんだろう。魔法……？　本当に人が消えている？　キノコが傘に変わった？　傘がキノコに？　まさか宇宙へ？　海の中でどう撮影を？　銀はもう、考えすぎてふらふらになる。頭は発熱しているみたいに熱いが、夢からさめたみたいに、教室にはただ白い布がかかっているばかりだ。さっきまでそこに、確かに月世界があったのだ。

活動写真、ということで、映写機と、その仕組みを近くで見せてもらった。丸く巻かれた細長いフィルムに、本当に小さな写真が縦にたくさん連なっている。人差し指の爪より小さいが、本当に一枚一枚は写真だ。

「この小さな写真が、一秒間に十六枚映し出されることで、あなたがたの目には動いているように見えたのです」

それは帳面のパラパラと似ているので理解はできる。問題は、あの人が消えたりする魔法のことだ。

「では、質問があ――」「ハイッ!」と銀は挙手した。

「人が消えるのは本当に人が消えているのでしょうかッ」周りから、くすくす、と笑い声が漏れる。撮影技師の人が、外国語で何か言った。

「質問があるのは大変良いことだ、と技師のアンリさんも言っておられます。これは仕掛けを使って撮ったのです」

「仕掛け?」

「簡単に言うと、一秒間に十六枚あるうちに、例えば八枚まで人を写しておいて、九枚目からその人を画面の外にどけて、煙を撮る。そしてそれをつなげて投影すれば、人が煙を出して、忽然とかき消えたように見せることができます。これを利用すれば、今後、現実ではあり得ないような映像も撮れるようになることでしょう」

銀は、神田川《かんだがわ》を想像し、河口までたどり、その先の海、水平線をずっと越えて、まだ見ぬはるかな大地を思う。日本の外には、こんな風に写真をつなげて撮って、魔法のように動かして見せられる国もあるのかと。それも、一秒間に十六枚も連続して写真を撮ることができるなんて。自分たちのように、一枚撮るだけでもヒイヒイ言っているのとはわけが違う。

いつか、この目で外の世界、広いこの世界を、隅から隅まで見てみたい。銀は思うのだった。

「この活動写真については、まだ日本で公開される前のものを、技師のアンリさんの厚意によって特別に見せてもらったものです。海外では、こういった活動写真とともに、楽団によって音楽が演奏され、場面を説明する役割の人間もいるということです。伝習所のみなさんも、今日の活動写真のことをよく学び、将来に生かしてください」

興奮冷めやらぬ銀はその夜、月の夢を見た。月にはなぜか、傘がたくさんあって、それが突然キノコになったりして、朝起きても、なんだかちょっと疲れていた。

その後、なんとあの浅草六区にある、電気《エレキ》の見世物の電気館で、いちはやく活動写真の公演をやるという噂が立った。そうなれば、日本初、活動写真の常設館になるのだとか。気になる値段は、前の電気《エレキ》の見世物と変わらず三銭らしく、これなら、銀でもなんとか見られそうだ。

浅草にいつ行こうかと【写真よろづ相談所】で三人娘が相談していたら、消え入るような声で、「ごめんください……」と誰かくる。

ハテ、誰だろうと思ってしばらく待っていても来ぬので、「どうぞ」と声をかけると、ようやく入ってきた。

顔色は真っ白で、やつれて細い。

「すみません、こちらは【写真よろづ相談所】でしょうか」その女の人は、目の下に隈《くま》を作っている。

しん、と部屋が静まった中、「ええ……いかにも」と銀は怖々言った。

「あの。わたしを二人写してください」と、女が言ったところで、この女の人が浅草の六区で見かけた、あの奇妙な女の人であることがわかった。

「失礼なことを申し上げますが、この前、浅草六区にいらっしゃいましたか」

その女の人は、不思議そうにこちらを見た。

「ええ……」

「わたくし、先日、浅草六区に行っておりましたときに、ちょうどあなた様が、写真館のところで、客引きに声をかけられているところに出くわしたのです」

「そうなのですか。すみません。わたくし神保町《じんぼうちょう》に下宿をしている学生なのです。いろいろな写真館にお願いに行っても断られるばかりで……。それで、浅草のある写真館から、〝女子写真伝習所の【写真よろづ相談所】であるなら、もしや……〟と、教えていただいたのです」

銀は、自分たち【写真よろづ相談所】の名が浅草までに轟いているのだと知り、鼻息荒く「そうです、わが女子写真伝習所、【写真よろづ相談所】では、様々な問題を、快刀乱麻、たちまち解決してまいりました」と言い、「ではわたしを二人写してくださることも……」と女が言いかけるや「いや無理です」と銀は言った。

「申し訳ありません、人はひとりを二人に分けることはできないのでございます」

基美が「あっ、でも……お銀ちゃん、それ、できるかも」と言う。

「まさかまさか。こちらのお方を竹のように縦半分に割れとでも？　惨劇では？」

「仕掛けよ、ほら活動写真の時に見たじゃない。あんな風に、仕掛けを使えばきっと」

シズも言う。「有名な写真のお大尽がいたじゃない、鹿島清兵衛《かしませいべえ》さん。あの方にわたし、前、お座敷で写真を見せてもらったことがあるの。鶴の上に、洗い髪のぽん太さんが乗っていてね、空を飛んでいて。それが、糸で吊《つ》っているのでもないし、どうやってもほんとうのようにしか見えなくて、とても驚いたわ。うまく仕掛けを使うと、本当ではない、本当のような写真が撮れるかもしれない」

写真機に何かの仕掛けをして一人を二人に分ける？　そんなことが可能になるものだろうか。

それでは、お返事の前に、ちょっとわが伝習所の監督に聞いて参ります、と言って、監督室の鈴木先生の元へ急いで行ってみた。

「一人を二人に写す、ですか……」鈴木先生はすぐに、「可能です」と言った。

「写真の合成によって、同じ人間を二人写すことができます。合成で有名なのは慶応三年の、パリ万国博覧会の記念写真です。各国の元首の写真をうまく合成して、一枚の集合写真に仕立てました。今回は、一人の人を同じ画面に二回写し込むということで、露光《ろこう》の加減が難しいですが、できないことはない。勉強のために、やってみるのもいいでしょう」

「わかりました。懸命にやらせていただきます」という銀に、鈴木先生は声をかけた。

「浅草で聞き回ってこちらまでやってくるとは、その方には、何やらのっぴきならない理由がありそうだ。もしも何かありましたら、わたしまですぐに連絡するように」

【写真よろづ相談所】に戻り、「やりましょう」と伝えた途端に、その女は、シクシク泣き出した。「ありがとうございます……本当にわたしだけでは、どうしたものかと……」

鈴木先生が見抜いた通り、何か深い理由がありそうなのだった。

女は、矢追《やおい》マツ子と名乗った。女学生で、歳は銀や基美と同じ。

「実はわたくしの姉、矢追キクエが、行方知れずとなってしまったのです」

どうやら姉妹で地方から出てきて、姉と同じ女学校に通うことになり、神保町で下宿生活をしていたのだという。話しづらいものか、泣いてばかりで要領を得ない。

「わたくしも下宿生です」と基美が言う。「あの……もしかして、お姉さまは……」

「男のひとの関係でお悩みに？」シズも言う。

女学校がたくさんできたことで、地方からも娘を進学させようと考える向きも多くなった。寄宿舎がある学校もあるが、下宿をする者も多い。下宿屋の相場は二階六畳まかない付きで十四円や十六円程度。素人下宿といって、自宅の空き部屋を貸し、食事も付けて面倒を見るものもある。

この下宿、もちろん親切で規律正しいところもあるが、残念ながら、そうでない所もある。初めての親元を離れての、自由気ままな暮らし、男女問わず、少々羽目を外す学生がないとも言えない。悪い男子学生達の中では、隠語のGはガールのG、誰をひっかけたの、誰に粉をかけているだの と、寄り集まると戦果と武勇伝を得意げに語っている。その悪い男子学生達から一番狙われやすいのが、下宿の女学生だった。

下宿屋でも良くないところは、男女学生の握手の仲立ちをしたり、恋の取り持ちをしたりと、下宿屋のほうで堕落《だらく》の手助けをする始末。

基美は下宿先が親戚ということもあり、門限も規律もきっちりと守っているが、門限も何もない、外泊も頓着しない無取り締まりとなると、果たして親元を離れた女学生、恋の誘惑に、どれほど耐えられようか。

こうして堕落女学生ができあがり、女学生の風紀の乱れなどと、新聞などにさんざん書き立てられる事態になるのである。

「ええ……お恥ずかしい話です。姉のキクエはとても真面目な人間で、そんなことになっているとはつゆ知らず。わたくしより一年先に下宿している間に、いい仲になってしまった男子学生がいるようです。浅草は姉も好きでしたし、二人でもよく行っていたとのことで、もしやそこで会えぬかと、毎週のように探しに行っていたのです」

「いなくなってしまった、というのはどういうことでしょうか。その男子学生と、もう秘密裏に暮らしていらっしゃるとかではないのですか。女学生の中には、たまにそういった話もありますが」シズが言った。

「それが……男の方とは、わたくしも会って、姉とはどういうことになっているのかと問いただしました。でも、その男も知らぬ存ぜぬ、姉とはもう別れたと、のらりくらりと……どうやら、とても性質《たち》の悪い男のようで、悪い噂もいろいろと聞いております。姉はなぜそんな男と……巡査にも、家出人の相談をしたのですが、逆に女学生の風紀の乱れを説教される始末です」

「お姉さまがいなくなって、どのくらいになりましょうか」

「一月《ひとつき》にもなります。アア、田舎の父と母はとても厳格な人間です、こんなことが明るみに出てしまったら、どんなことになるでしょう。大事になる前に、なんとか自分の手で姉を探し出そうと、学校の方には〝体調不良のため休学〟という届けを出しました。神保町はしらみつぶしに、姉が好きだった浅草でも探し回りました。父と母は、わたくしたち姉妹を恋しがって、休みに帰れないなら、せめて浅草の写真館で、写真を撮って送るようにとしきりに催促を」

浅草には、お参りのあとに記念写真を撮るものが多くいた。二階建ての、豪華な洋館のような名門、江崎《えざき》写真館をはじめ、大小取り混ぜて写真館が密集している。

「姉のキクエとわたくしは顔と背格好がとてもよく似ております。わたくしが髪型を変え、姉の着物を着て、二人並んでいたら、きっと誰もが姉とわたくしだと思うでしょう」

そういう理由だから、自分を二人写してくれということだったのか、と銀にもわかった。腕組みをして聞いていたが、ひとつ、うんと頷いた。

「僭越《せんえつ》ながら。そのように写真をお撮りすることはすぐにできるかもしれませんが、それでは問題の根本的な解決とはならないのでは」そして周りを見渡した。

「乗りかかった船です。シズさん基美ちゃん、我が【写真よろづ相談所】を頼ってきたマツ子さんだ、どうだろう、お姉さまを一緒に探してあげるというのは」

「もちろん」「ええそうしましょう」

皆が即答すると、マツ子はまたシクシク泣き、何度も礼を言った。

「お金なら、田舎から仕送りが充分にあります。探すのに必要な経費はすべてお出しできますので」と言う。

問題はやはりその男――大桑一徳《おおくわいっとく》なる男子学生だ。まずその、大桑の周りを探ろうという話になった。大桑がいつも利用するのが、神田《かんだ》の神保町、古書店街の近くにあるミルクホールだという。この西五軒町《にしごけんちょう》から神保町までは徒歩で三十分くらい、じゅうぶん行ける距離だ。

ミルクホールとは、「ミルク」の名の通り、牛乳に菓子、珈琲や紅茶などの軽食が置いてあるところだ。明治以前は薬とされてきた牛乳、明治に入ってから、日本にやってきた外国人たちがまず牛乳を飲む習慣を広め、続いて上流階級に。牛乳は滋養のある、身体によいものだ、という意識が一般庶民にも広まった。ミルクホールが街中に増えてきたのも、そんな背景があるようだ。ミルクホールには都下、各種の新聞が揃い、官報には、高等文官試験や判事や検事、弁護士試験の結果も載るので、それを読むために利用する学生達も多いという。

神田川沿いに歩くと、小石川橋《こいしかわばし》が見えてきた。南に折れると学生の街、小川町《おがわまち》のあたりに出る。開けた道の両側に、いろいろな店が並んでいる。山ほど難しげな本を積んだ古本屋の、洞窟《どうくつ》になっているような奥に、店の主人が床几《しょうぎ》に腰を掛けて番をしているのが見える。ハカマと大きく描かれた看板が見えると思ったら、古物商の露店がある。眼鏡に古雑誌、足袋《たび》や、股引《ももひき》の古いのまで広げて売ってある。焼き芋売りの屋台もあって、腹減り学生たちが群がっている。書生さんの引っ越しだろうか、人力車の座席の所に、夜具と行李《こうり》に本などを積んで車夫に曳かせ、自分はランプだけ持って、前を歩く姿も。

なるほど近くに学習院《がくしゅういん》やら東京外国語学校《とうきょうがいこくごがっこう》、明治法律学校《めいじほうりつがっこう》やらいろんな学校があるので、学生の姿も特別に多いようだ。袴がやぶれて、裾がびりびりになっていて汚いのを、かえって自慢げに歩いている、見るからに臭そうな一団もあるし、外国人と談笑しながら歩いている学生もいる。

神保町まで出ると、通りの南側にいっそう古書店の数が多くなった。ところどころにミルクホールの店を見つけたが、マツ子がようやく、その中の一軒に、「あれです」と指をさす。その店も、他のミルクホールと同じように、すりガラスのガラス障子《しょうじ》、ミルクホールの六字が赤で大きく書かれてある。その下には「新聞　雑誌　総覧」の文字。「官報もあります」と大きな紙も張り出してある。

ミルクホールの窓から四人縦に頭を並べて、中を窺ってみる。その神保町のミルクホールも見たところ、中にいるのは男子学生のみだった。白い布をかけた食卓、椅子が並び、卓の上には都下の各種新聞や雑誌が積まれている。ここで、一杯四銭くらいのミルクを飲みながら、雑誌や新聞を読んだり、パンをかじったりしてくつろぐのだ。

「頭は良くても、お座敷とかこういうところで横柄《おうへい》な男は、もう本当にろくでもないから、見ておくといいわ」などとシズが言う。

白い前掛けをした女の給仕に目配せして、外に呼んでみた。

「この男について知りたいんですが……」と、マツ子が、姉の持ち物の中にあったらしき大桑の写真を見せて言うと、その蓮《はす》っ葉《ぱ》な女給は、銀たちを上から下まで見て、「わたくし、お客さんの情報をぺらぺら喋ったりはしないんですの」と、ツンと澄ましている。

シズがちょっとマツ子に耳打ちすると、マツ子は袖の下から女給に何かを渡した。まさしく袖の下だ。

急にツンとするのをやめた女給は「この人ねえ、あまり性質が良くないわよ」と言う。マツ子が姉のキクエの写真も見せると「そうそう、この子と来てたわ、最近見ないわね。まあ、四人目？　五人目？　だったかしら……」と言い、基美は小さく「マア」と言った。

「この男、いつも薬を見せびらかして、本当に嫌みな男よ」

「薬とは？」銀が問う。

「いつも、ナントカとかいう難しい名前の瓶を出して……なんでも、毒薬らしいんだけど」

と、聞くや、マツ子はふらりと上体をふらつかせた。

「あの男、いつも難しそうな、憂鬱《ゆううつ》そのものの顔をしていて、その薬を、誰かれなしにちょっと見せて、生の中の死がどうたら、死の中の生がどうたらとか、芸術《アート》と生と死についてとか、そういう小難しい議論をふっかけるのが好きでサ。原稿用紙にもちょっと何か書いたりして、嫌みなのよね」

「あの、この写真の女の人にも、毒薬を見せていましたか」と、キクエの写真を見せる。

「ええ。二人とも押し黙った間に瓶があったから、なんだろ？　って、聞き耳たてていたのでよく覚えてる。あと、汽車の切符も」

日にちを聞くと、だいたい失踪《しっそう》する前あたりだ。

「他に覚えていることがあったら、何でも教えてください」

「まあ……アタシが覚えているのはそれくらいね。あまり近くで話を聞いているのも良くないでしょ」

列車の切符がどこ行きかということも、残念ながら見ていないようだった。礼を言って外に出た。

嫌なイメージがつきまとう。ただの失踪だと思っていた。まさか、心中騒ぎなんて。

「お姉さまには悪いけど、本当にろくでもない感じの男ね」とシズが断言した。

「金も能力も志もないから、心の弱さで女の気を引くの。毒薬なんか、箪笥《たんす》にでもしまっておけば良いものを、外でわざわざ見せびらかすのもそのためよ。しっかりした女の人で、優しくて男の人になじみがないほど、〝この人は、わたしがいなければ、今日の夜、死んでしまうかもしれない〟とか思いこんで、尽くしたりしてしまうのよね……。自分の命を人質にした卑怯《ひきょう》なやりくちよ。毎回そんな感じで女の人をとっかえひっかえしているんでしょう。安い男ったらないわ」

おお、と銀と基美がシズの顔を仰ぎ見た。シズはさすがに世慣れている。

「はい、姉のキクエはとても真面目で、困っている人を見れば放っておけない性質でした。わたしが下宿に来たときも、ため息ばかりついて……。そういえば、失踪する前も、お父さんとお母さんには優しくしてね、なんて言っていました。今、思えば、何かの前触れのようで……」

と、言いかけてマツ子は、また、顔の色を失う。

「文学かぶれか何か知らないけど、その男、頭は悪くないぶん、わたしたちが何人かかっても、口を割らせるのは難しいかも。何かあったとしても、黙ってさえいれば済むことだし」とシズが言う。

一、まずは、汽車でキクエさんとどこへ行ったのか。

二、何のために行ったのか。
三、その後、キクエさんと、どう別れたのか。
四、今、キクエさんはどこにいるのか。
この四点をどうやって探ろうと、【写真よろづ相談所】三人娘とマツ子は考え始める。

帰り道、突然マツ子が、銀たちの腕を引っ張って路地へ隠れた。耳打ちする。

「大桑は、あの縞《しま》柄の男です。前髪が少し長めの」

基美が「わたしたちが、知らない振りして通りかかります」と言い、「あまりじろじろ見ないように、いつも通りに歩きましょ」と示し合わしつつ、三人で表へ出た。大桑は長身に憂鬱げな顔をして、手に難しそうな洋書を携えている。下宿先なのか、ある家に入っていった。

「ふうん」とシズが言う。「あれはまあ、周りの女がほっとかないというのも、わからないではないわね」

特に、手がかりらしい手がかりはない。

もしや、あの下宿先にキクエが潜伏《せんぷく》しているのでは、と少し思ったが、自分の下宿先もこの近くというなら、妹にこんなに心配もかけずに、親にも知られずに、普段通り交際を続けることだってできる。身を隠して一ヶ月というのは長すぎる。

本当に、姉のキクエは、どこに消えたのだろう。

帰りは人力車を出してもらった。すまながる銀たちに「姉が戻ってくるならば、これくらいお安いものです。お気になさらずに」と言う。

人力車は二台、シズは一人で、銀と基美は二人で乗った。

基美が口ごもりながら言う。「あのね……キクエさんのことだけど」

そのまま黙ってしまった。

「……生きていらっしゃる、よね？」

銀も同じ事を考えていた。何も言えず、そのまま人力車の揺れに任せて行く。

例えば、大桑の郷里に婚約者がいるとわかって、哀しみのあまり失踪した？(ありそうな話だ）まさかまさか、お腹が大きくなったとか？（これもよく新聞で話題になる）いや、別れ話がこじれにこじれて、そこで何か事故が起こってしまった？（もしや警察沙汰に）どの話も、あまりよくない方面へ想像がいってしまう。

なんにせよ、事態は一刻を争うかもしれないのだ。急がなければ。

そこまでの話を聞いた京一郎は、腕組みして、団子の串をくわえ、相談所の椅子にふんぞり返ったまま、脚なんて組んでいる。外へ出れば楚々《そそ》とした女性の姿なのだが、相談所の中では気が抜けるらしい。

「で、どうするつもりなんだお前ら三人組で」と、京一郎は三人組を順繰りに眺めた。「本当に……頼りねえなあ……」

銀はもぐもぐと、みたらし団子を食べ終わると口を開いた。

「どうするつもりなんだって、そりゃ決まってる、調査に継ぐ調査だよ」

「お銀が？　そいつの身辺を？」「そうそう」「どうやって」「そりゃまあ、後をサッとつけたり、シャッと隠れたり」と銀が言うと、「周りの人にも聞いて調査してみます」と基美が言い、「わたしが昔鍛えた話術でしゃべらせてみせるわ、見てなさい」とシズも息巻く。

「無理」

「何が無理なものか！」

「時間がねえんだろ、そいつに直接聞けばいいじゃねえか」

「そんなの〝あんたキクエさんをどこへやったの〟〝どこそこへやりました〟なんて言うわけないじゃないのよ、馬鹿なの」シズが呆れたように言った。

「マツ子さんとやらも、よりによって、なんでお前たちに頼んだんだろうなあ……

よっぽどだよなあ……」

などと京一郎が言うので、「何ですってェ」と皆で睨んだ。「見てられねえや、俺が行ってやる。そのミルクホールと、男がどこの誰か、知ってることを洗いざらい教えろ」

その日、ミルクホールのある角で待ち合わせていると、向こうからしゃなりしゃなりと歩いてくる長身の女がいる。すれ違う人間がみんな、おっ、という顔で顔を眺めている。

京一郎はいつもよりも濃く化粧をしており、三人娘とマツ子が固まっているところへやってきて、「おい阿呆《あほ》みたいな顔して突っ立ってねえで、どの男か教えろ」と紅をひいた口で低く言う。その地声が太かったので、ええっ、とマツ子が驚いて京一郎の顔を見上げた。「姉ちゃん見つかるように、俺が何とかしてやるから」と言うと、マツ子はもう泣きだしている。「見とけ」

見つからないように、道の向こうのガラス張りの中が見える位置に立ち、人を待っているふりをして、ちらちらミルクホールを眺めた。

京一郎は例の大桑が見える正面に座ると、優雅にミルクセーキを飲んだ。大桑は手元の洋書に注意する振りをして、京一郎をちらちら盗み見ている。

すると京一郎が懐から紙巻煙草《シガレット》を取り出した。小粋に口の端のほうでくわえる。くわえたまま、そこではじめて大桑のほうを見た。塵《ごみ》でも見るような目つきだった。

大桑は立ち上がると、さっと煙草マッチで火をつけてやる。火がつくと、京一郎は（用が済んだらとっとと行けば？）みたいな目つきをして、顎をしゃくった。固唾《かたず》をのんでいたシズが「やるわね京一郎。ハイカラの象徴である紙巻き煙草《シガレット》に火をつけさせることで、主導権は一瞬でこちらのものになったわ……あの大桑みたいな感じの男は、従順な女よりも、ああいった予想外な反応をする女に弱かったりするものよ。ここで大桑が食い下がれば勝機はある。どうだ……どうだ……」

三人娘とマツ子が身を乗り出している目の前で、大桑が気取った感じで西洋人のように肩をすくめると、ここに座ってもいいか、みたいな雰囲気で京一郎に何か聞いている。

「よしっ！　ほら大桑がシガレットについた赤い紅に目を奪われている！　攻撃は効いているッ」シズがこぶしを握り締める。大桑は京一郎が何も言わないのを肯定ととったのか、そのまま前に座った。

京一郎は、犬でも前に座ったらもう少し反応があるだろうよ、というような完全なる無視を決め込んで、ふうっと物憂げに煙を細く吐き出す。何か大桑がいろいろしゃべっているのもお構いなしだ。

「見て、ああいうふうに、足の距離を詰めて行こうとしているときは大桑の心がどんどん京一郎に傾いている証拠よ……この勝負、勝てる……」

京一郎は大桑を見ずに、空中に何かを書く手つきをした。

大桑はいそいそと紙を出して、何か書きつける。

「筆談ね。ああいう男は謎に——ことに女の謎に弱いのが常。もう大桑の心は京一郎一色よ。さあ、そのまま居所をしゃべっておしまい」

数回紙が行ったり来たりして、何か大桑が書いている間に、もう京一郎はさっと席を立って金を払い、外へ出てしまった。店の外に出るや、京一郎は大桑の死角となる位置で着物をからげ、姿勢を低くし、両手に草履を持って駆けだしたから、通りの人は何事かと驚いたようだった。そのまま物陰に身を隠す。

後を追おうと、慌てて出てきた大桑は、京一郎が通りのどこにも見つからぬのを見て、狐にでも化かされたのかとでもいうような、何とも言えない表情をした。

後から京一郎と落ち合う。

「なんでぇあいつ、虫の好かねえ野郎だ。ろくでもねえな……」などとぼやいている。

「で、京一郎、何かわかったの」

「最初、〝別にあなたと話すことはないわ〟って英語で書いたら、ちゃんと英語で返事が返ってきたから、今度は独逸語《どいつ》で、〝今は一人を楽しみたいの。邪魔しないでもらえるかしら〟って書いたらドイツ語でも返事が返ってきたな。見かけだけじゃなくて、あいつなかなかのインテリだ」

「独逸語？　京一郎、独逸語もできるのか？」

「できるわけねえだろ、仕込みだよ仕込み。で、今度はひらがなでこうやって書いた。〝わるいひとね、あなたと恋人が歩いているのは見かけているのよ。切れ長の目のあのひと〟」

マツ子が真剣な顔になる。

「〝ああ。彼女とは昔、心を通わせたこともあったが昔の話さ。夏はいつまでも続かない。季節のように移ろいゆく恋もあるものだから〟とかなんとか。反吐《へど》が出るぜ。それでさ、〝一緒に暮らしてたんじゃなかったかしら。じゃあ、あの子は今どこなの〟って聞いたら、一瞬——」

京一郎は何か言いかけて、マツ子の手前、言葉を濁した。「いや。何でもない。

引き続き俺たちで協力してなんとかするから、今日はこれでいったん解散して、作戦を練ろう」と言う。何度も礼を言って帰っていくマツ子を見送った。

京一郎は、心細げに帰っていくマツ子の後ろ姿を見ながら、ぽつりと言う。

「あの時、お前らには見えなかっただろうが、大桑とかいうあいつ、キクエさんのことを聞いたら、一瞬、凄《すご》い目をした。あれは、普通の奴の目じゃない。ひどく動揺していながら、それを平然と隠そうとしていたのも、頭が回る悪い奴特有の立ち回り方って感じがする。あいつは嘘をつき続けて生きてきた奴なんだろう。あの目は、犯罪人の目だ」

「犯罪人？」

嫌な予感がする。

「お前らも、もううすうすわかってんだろ。キクエさんはたぶん、もう……」

「ちょっと、縁起でもないこと言わないでよ！」シズがたしなめる。

「どうすればいいのかしら。証拠も何もない。このままで警察が動いてくれるとは思えないし。あの男が何か話す気になるまで、事態は何も動かないかも」基美も言う。

「俺たちで他に何ができるかって言うと、親御さんのために記念写真を偽造して、時間稼ぎをするくらいだが、それが果たしていいことなのかどうか。一刻も早く、親御さんも巻き込んで、話を大きくするべきじゃないのか」

それでもあの大桑が簡単に話すとは思えない。

うん……と黙り込んだ三人娘だったが。

「そうだ、写真だ」急に、何か思いついたように銀が言った。「わたしたちで、写真を作り出せば、もしかして、お姉さんの行方がわかるかもしれない」

「写真って何の」注目する三人に向かって、銀は高らかに言った。

「現実にはない写真を作ろう！」

次の日、監督室に行き、四人で決めた計画を鈴木先生に相談してみた。

鈴木先生は、しばらく顎の白鬚をひねりながら考えている様子。「なるほどそんなことが。しかしそんなにうまくいくだろうかな」

「懸命にやってみます」という銀たちに、鈴木先生も頷き、「よろしい、わたしは合成写真方面の専門家でもあります。その写真を撮るために必要なことを、すべて教えましょう」と言った。

やってきたマツ子に、撮影のための準備をいろいろとお願いした。姉のいつも着ていた着物と髪飾り。撮影場所をマツ子に告げると――

「どうしてそこへ？」と不思議そうだ。

「その場所じゃないと駄目なんです。どうかどうかお願いします」と言って、落ち合う場所を決めた。撮影は、天気の良い日の朝一番、まわりに誰もいないときを狙おうということになった。

鈴木先生に教えてもらった、写真を合成するやりかたはこうだ。

まず、一の撮影。最初に、妹のマツ子を撮影する。立った場所など、不自然ではないようにさりげなく印をしておく。撮影のとき、立っているマツ子以外の、半分の場所のガラス乾板を黒い紙で覆い、マツ子の姿のみが写るようにする。

次に、二の撮影。素早く着替えたマツ子は姉のキクエに変装して、さっきの場所と少しずれたところに立つ。今度は最初に撮った妹のマツ子の側の半分を紙で覆い、のこりの部分で撮影を行う。

これで、一と二が半分ずつ重なった写真が撮れたことになる。いないはずの姉が、まるでそこにいるように合成することができる。

往来に大きな三脚を立てて、木箱のような写真機を設置すると、物珍しいのか早朝でも遠巻きに人だかりができた。（写真機か？）（あんな女子たちにできるのか？）などと不審げに言っている声が聞こえる。

銀が布を被って写真機のピントグラスを覗く。ぼんやりと色彩が混じっているところにピントを合わせると、急にマツ子の姿が上下逆に鮮明に現れた。不安げな顔でこちらを見ている。「ハイ、撮りますよ」

現像してみて驚いた。思いのほか上手くいって、まるで本当に姉のキクエが隣にいるみたいだ。仕上がりにはマツ子自身も驚いていた。

「写真ができましたね、ありがとうございます。ではこの写真を、両親に送ったらいいんでしょうか」

「いいえ。この写真を使って、あの大桑の口を割らせてみせましょう」銀は言う。

入念な準備をして、その日がやってきた。場所は例の神保町、古書街脇のミルクホール。

基美とシズはあらかじめ客として隅に座って、雑誌を読んでいる。

マツ子は「上手くできるでしょうか……」と、ずっとおどおどしていたが、「頑張りましょう」と基美とシズに言われて、腹をくくった。例の蓮っ葉な女給も、

「ま、もらえるもん、もらえるならいいわ、あの高慢ちきが泡吹くところをアタシ

ている。

今日、「姉の件で、大事な話がある」と、大桑を呼び出したのだ。そろそろこのミルクホールに現れるはず。

果たして、大桑はやってきた。今日も陰鬱そうな顔をして、手に洋書などを持っている。

女給はさりげなく外に出て、本日休日の札をさげた。

「こんにちは」と、マツ子が言う。

大桑はいらいらしたように乱暴に椅子に腰を下ろし、「君もしつこいな、僕は忙しいんだ。お姉さんのキクエさんとは交際していた事もあったが、終わったことだ。すべてはもう、終わったんだよ」

マツ子はにっこりと笑った。

「今日はお詫びを申し上げたくて。姉のキクエが帰ってきましたから、あなた様には、誤解から、大変な迷惑をかけてしまったと、申し訳なく思っていた所なんです」

大桑は、「帰って……きた？」と言った。ぞっとするほど冷たい声だった。

「ええ。すっかり元気で。つい先週、新しくなったばかりの電気館にもふたりで行ってきましたのよ。大桑さんは、浅草電気館の活動映画、もうご覧になって?」

そうして、例の写真をすっと卓に滑らせた。

いまや大桑は額に汗を掻いている。顔色が真っ青だ。

銀たちが撮った写真は浅草、電気館の前。そう、ほんのつい最近新しくなったばかり、話題の電気館の前だ。〔活動写真〕の札やロンドン火災の看板絵、入り口のアーチが見える。

大桑の息が、荒くなっているのがわかった。

「あら? どうかなすったんですか」

「いや……なんでもないんだ。その……、キクエさんは、お、お元気だったか」

「ええ」そこでマツ子はにやりと笑った。「失礼、お手を拝借しても?」

わけもわからないまま、大桑は右手を差し出した。

マツ子はその手首を上から卓に押さえつけるようにして、外れぬよう、中腰になり体重をかけて卓に固定した。

「最近、お姉さま、ちょっと面白いんですのよ。むかしより、ずっと剽軽《ひょうきん》になって。ねえ? お姉さま?」

マツ子が卓の下に声をかけるなり。

だん！

と、卓の下から伸びてきたその腕、袖はあのキクエが着ていた柄。その伸びた腕は真っ白で、ところどころに桃が傷んだような奇妙なアザがあちこちにある。蜘蛛が這《は》うように指でテケテケテケテケテケと勢いよく動いて一瞬止まり、一気に大桑の手首を掴んだ。

大桑は声を上げた。

それもそのはず、その腕も指も、氷のように冷たかったからだ。

「お姉さま、出ていらして」

もう一本の腕もだん！　と振り下ろされる。

卓の下から、ぐぐ……ぐぐ……と、髪がばさばさに乱れきった頭が、少しずつせりあがってきた。

「でもあれは、あれは……事故だ！　事故だったんだ！」大桑が口走る。

「お姉さま、うれしい？」

オオオオオオオオオオオオ……と、地の底から這うような声がした。

「──俺が悪かった！」

その乱れた頭がヒョイと髪を払って。

「俺が悪かったって何が悪かったんです？」と言った。

銀だった。

基美もシズも立ち上がる。

「聞きました！　わたくしたちも証人になります！」「何があったのか、洗いざらいしゃべってもらうわ！」

銀はあらかじめ、机の下の木箱の中に、髪を乱し忍んでいたのだった。腕を白く塗りたくり、しこたま用意した氷水の中に腕を浸けて沈め、じゅうぶんに冷やしておいた。そこで「お手を拝借しても？」という合言葉と同時に、銀が箱の中から現れることになっていたのだ。

しかし大桑は、証人だ証人だと騒いでいるのが、まだ歳若い女たちだと思ったのか、急に開き直り始めた。

「証言って、君たちがどう証言するつもりなんだい。笑わせるよ、頭の悪い女学生風情《ふぜい》が僕をはめようったってそうはいかない。証拠もないのに、誰がお前らのような馬鹿の証言を信じるんだ、僕の身分はもうすぐ学士様だ、世間の誰もが、馬鹿女学生の戯言《ざれごと》など、どれだけ言ったところで信じるものか」

銀たちはうなだれる。シズも、基美も黙ってしまった。学歴でも、社会的地位から言っても、間違いなく分があるのは大桑だ。

「どうだ、その通りだろ、馬鹿馬鹿しい、僕は帰るからな！」

「――待ちなさい」

急に、床にあった木箱から声がした。

木箱の中から身を起こすのは鈴木先生、狭いところでじっといたために腰が痛そうで「いたたた……」などと言っている。「先生」とシズと基美が駆けよって、両側から支えた。ミルクホールは施設が簡易的なため、身を隠すところがなかったのだ。

「証人は、わたくしもなりましょう」

「誰だ」

「女子写真伝習所の長にして、宮内省写真御用掛《ごようがかり》、鈴木真一。君の通う大学校の話は聞いている。学長とも懇意《こんい》であるから、君一人の処遇は、わたしの証言次第で決まる。卒業間近の今、退学となれば、国の両親はさぞお嘆きであろう。今、キクエさんとの間にあったことを洗いざらい話せば、考えてやらないこともないが」

ぐっと言葉に詰まった大桑に、鈴木先生は静かに言った。

「あと、君に訂正と謝罪を要求する。我が女子写真伝習所の学生は、馬鹿などではない。未来の職業婦人にして、日本写真界の未来を担う、とても優秀な学生達だ」

しばらく大汗をかきながら大桑は黙っていたが、突然、扉を開けて脱兎《だっと》のごとく外へ駆けだした。

「逃げた！」

店を飛び出た大桑の視界の先、路地から手招きする人がいる。

長い首に襟巻を巻いて、（こっちよ）というように大桑に手招きする。その唇が動いた。（くるま）人力車を呼んである、ということらしい。

助かった、と駆け寄る大桑に謎の美女は両手を伸ばし——物陰で抱擁《ほうよう》するかに見せかけて、そのまま半身になり、大桑の腕をとるや思い切り路地裏に投げ飛ばした。ぐにゃりとのびた大桑の胴の上に馬乗りになると、「もう逃げられねえぜ、大桑さんよう」と、その美女は太い声で言った。

その後、ことのあらましが明らかになった。大桑は郷里に許嫁《いいなずけ》がいて、卒業したら結婚することがもう決まっており、キクエとは一緒になれないと告げた。

「一緒になれないなら、いっそあなたの手で殺してくださいまし」と泣いてすがるキクエに、厭世的《えんせいてき》な気分になった大桑は、「何もかもがいやになった。君、僕と共に死のうか」という言葉で誘って、キクエと共に旅立った。

山奥で、「死出の旅といこう」と二人で手首を紐で縛って、遺書を置き、二人同時に毒をあおった。そこまではもともとの計画の通りだったのだという。

ふと気がつけば、大桑は蘇生《そせい》していた。毒に不純物が多かったのか、上澄みだったのか、とにかく死なずに済んだ。隣のキクエはというと、眠るように冷たくなっていた。

大桑は、急に怖くなった。このことが明るみに出て、世間から糾弾《きゅうだん》されたら。死のうと思ったのも一時の気の迷いのようなもので、蘇生してみれば、自分の命が急に惜しくなったのだ。

足下にあった遺書を全部燃やして処分し、毒薬の瓶も捨てて、キクエの身体はそのままに、知らん顔をして自分だけ戻ってきた。このことを知っているのは二人だけ、一人はこの世にはもういない。知らぬ存ぜぬで通すつもりだった――ということのようだった。

事件は一応の解決はみたものの、後味の悪い結末となってしまった。

あれほど探していた姉が、すでにこの世からいなくなっていたと知ったマツ子の気持ちもそうだし、何事もなかったように、許嫁としれっと結婚するつもりだった大桑も許せない。冷たい山中で一人死んでいったキクエのことを思い浮かべると、やるせない気持ちでいっぱいになる。銀たちとほとんど歳も変わらないような若い身空で、どこかも知らぬ山の中、そんな寂しい、気の毒な亡くなり方をするなんて……。

マツ子は気丈にも三人と京一郎、鈴木先生に礼を言い、田舎から急いで両親を呼んで、その山をくまなく探すことにしたと言った。せめて、お骨だけでも手元に戻ってきたら、と思う。両親は可愛い娘を失ってどれだけつらいだろう。これも、変な男に捕まってしまったばっかりに……。

いつも笑い声と話し声が絶えない【写真よろづ相談所】も、きょうはシンと静まりかえっている。あの事件からしばらく経ってはいたが、なんでか牛乳の話題が出て、三人ともミルクホールを自然と連想し、あの事件のことを同時に思い出したのだった。

あれはお気の毒な事件だった。いっそ自分たちで解決などせずに、真実がわからなかったほうが、マツ子さんにはまだ、よかったのかも……などと、いまさら考えてもどうにもならないことを、くよくよ考えてしまう。

そこへ、「ごめんください」と声がして、当のマツ子が入ってきた。「先日は、ありがとうございました……」

「いえ……」と言葉少なに銀たちは言った。

「あのあと、姉が見つかりまして」

そうか、と思った。不幸な話だが、ご遺体だけでも故郷に帰れたのなら、ひとつの救いではある。キクエさんのご遺体が、雨ざらし、野ざらしのままにされていなくてよかった。ご両親も辛いだろうが、お骨だけでも、キクエさんが戻ってきてよかった。この話の唯一の救いだと思った。

ご冥福《めいふく》を、とお悔やみを言おうとしたときに、【写真よろづ相談所】にふらりと入ってきた人影がある。

マツ子とそっくりの、青白い顔をしたその人は、銀がミルクホールで着ていたあの着物を着ていて……。

銀はギャアとすごい声を出し、基美は失神しかけて卓に伸び、シズはナンマンダブナンマンダブと念仏を必死に唱えた。

「姉のキクエです、あのあと無事に見つかったんです」

マツ子が慌てて説明する。話を聞いてみると、やはりキクエも薬を飲んだあとに、一度は死んだようになっていたが、それでも、心臓だけは弱く打っていたらしい。そこへたまたま狩猟《しゅりょう》中の山男が通りかかり、虫の息だが、キクエがまだ生きていることを知って、すぐに毒を吐かせ水を飲ませ、手厚い応急処置をした。

数日間、前後不覚だったが、山男の献身的な看病と、山ならではの薬草の知識で、解毒がうまくいき、キクエは意識を取り戻したのだった。

とはいえ、心中したはずなのに自分だけひとり山に打ち捨てられ、遺書も持ち去られていたことを知ったキクエは、愛する大桑の心変わりを知って泣き通した。それを山男に慰《なぐさ》められているうちに、落ち着いてよく見れば、山の景色もすばらしく、気持ちもおさまってきた。傷物になった上に、塵のように捨てられたこの身の上、もう東京には戻れない。ここで一度、死んだものとして暮らしたい、と思い、山男の家で暮らしていて今に至ったのだという。

「両親も、死んだものと思った姉が生きていたとわかって、それはそれは喜んで、急いで相手方と、祝言《しゅうげん》を挙げてきた所なんです」

「このたびは、たいへんなご迷惑をおかけしました……」姉のキクエも謝る。

「いえいえ、こんなに嬉しい話はありませんよ」と言い、「鈴木先生にも伝えて参ります！」と銀はひとっ走り行って、鈴木先生に伝えに行った。

鈴木先生も【写真よろづ相談所】にやってきて、皆で祝う。祝言の写真を見せてもらったが、ほう、なるほどこれは気持ちも収まりましょうな、と三人娘も納得の筋肉質で精悍《せいかん》な好男子、「お目出度うございます」の声が明るく響く。

「姉もわたくしも、ぜひお礼を……」と言うのだが、「この【写真よろづ相談所】は奉仕活動ですから。将来わたくしたちが写真師となりました暁には、ぜひご利用ください」と、銀がかっこよく締めた。何度もお礼を言いながら、二人とも帰っていった。

鈴木先生は満足そうに、三人の顔を見た。

「皆よくやりました。【写真よろづ相談所】は奉仕活動ですが、皆の頑張りを讃えて、わたくしが何かご馳走しましょう」と鈴木先生が言うなり、銀が「ヒャアー！」と叫んだ。

「では！　では、わたくしは！　ミルクホールの！　ミルクセーキとシベリヤを！　食べとう！　ございます！」と前のめり。

銀はミルクホールで見かけた、メニュウのミルクセーキとシベリヤが密かに気になっていたのだ。これはどんなものだろう。どんな味だろう。甘いのだろうが、どのくらい甘いのだろう。今まで、「ちょっと食べてみたいなァー」「ねえねえ食べて行こうよー」とも言えないような雰囲気だったので、ずっと我慢していたのだが、目出度いついでに、気持ちが一度にあふれた。

「いいんですか。もっと高い、洋食でもいいんですよ。他の人たちはどうです」

「わたしもミルクセーキがおいしそうだなと思っていました」「わたしも。シベリヤというからにはそんなに冷たいのかしら、と気になっていました」と基美とシズも言い、先生と三人娘で、ミルクホールに行くことになった。

例のミルクホールに行くと、蓮っ葉な女給が「この前は傑作だったわね」と三人娘に言って笑う。「先生、もう腰は大丈夫なんですか」

「あんな狭いところに入るのは、子供の時のかくれんぼ以来だ」と先生も笑った。

「ミルクセーキとシベリヤを、わたしにも学生たちにも一つずつ」と言う。「この二つはわたしも初めてだ」

女給は木造の冷蔵箱を開けると、慣れた手つきで卵を割り始めた。銀がじっと見ているので「あ、作るとこ見ます?」と聞いてきた。「ぜひぜひ!」と三人娘が見に行く。

卵と牛乳、砂糖と氷を何やら円筒状の機械に入れると、色のついた小瓶を上から振った。

「それは何ですか」基美が言う。

「ヴァニラエッセンスっていう、いい匂いの液」

材料を全部入れ、蓋を閉めると、女給は手回しハンドルをぐるぐる回し始めた。氷がガリガリ音を立てて回り、玉子やら牛乳もどんどん混ざり、やさしいたまご色の、均一な液体になった。

卓に人数分のミルクセーキが運ばれてきた。

十月だがその日はまだ温かく、日差しが暑いくらいだったので、氷の浮かんだグラスは汗をかいており、その冷たいミルクセーキはとても美味しそうに見える。

「シベリヤは、あとでもう一つ包んでください。大捕物《おおとりもの》でお手柄だった初美さんにも持って行ってあげましょう」

「先生、いただきます」と声を合わせ、きゅーっと飲み込むや、先生も「これはなかなか美味いな」と言い、三人娘も笑った。

スッキリと冷えていて、甘みがあるうえに、卵のコクもしっかりと感じられる。ただのミルクよりも、とても滋養がある感じがする。学生たちが授業の合間に飲みたくなるのもわかる気がした。これはよい頭休めになる。

「頭が冴えてきた気がしました」と銀がキリッとして言うと、「それはいい、もっと飲みなさい」と鈴木先生が笑ってすすめる。

「はいシベリヤです」と今度は女給が、ガラス器に入っていたシベリヤも持ってきてくれた。

カステラに、あんこのような色をした、黒いものが挟まっている、三角形のお菓子だ。

「中は餡ですか」と聞くと、「うちのは水ようかんです」という。

説明によると、どうやら、平たいカステラに水ようかんを載せ、その上にまたカステラをのせて固め、三角に切りわけたものらしい。

二つの角を両手で持ち、三角の頂点を一口かじると、和なのか洋なのか、洋なのか和なのか判然としない。銀の頭の中で緊急議会が開かれた。「これは洋菓子である」という洋菓子派と「これは和菓子である」という和菓子派に分かれて、議論は紛糾《ふんきゅう》する。「このカステラ部は、紛れもなく洋菓子の趣であります！　よってこれは洋菓子と認定されるべきです！」「何を言う！　間に挟まる水ようかんは、どこの国の菓子か言ってみろ！　そう和菓子でしょう、何をおかしなことを！」「和菓子のどら焼きは円形ですよ、このように三角の形はしていない！」

「静粛《せいしゅく》に」口をもぐもぐさせながら議長が言う。「とにかく甘くて美味しいから、これはシベリヤという新菓子――洋和菓子と位置付けることにいたしましょう」

「お銀ちゃん急に黙ってどうしたの？」と基美に聞かれて「ううん何でもない。美味しいね」と言った。

全体にしっとりと甘く、上から押されたためか、みっしりともしていて、軽い甘みのカステラと、中の水ようかん部分がピタリとくっつき、実によく合う。一口食べて、ミルクセーキを飲む。また一口食べて、ミルクセーキと、飽きることのない至福。

銀は、家に帰ると、さっそくたべもの帖を出して、三角の間に黒い水ようかんが入ったシベリヤと、キリリと冷えたミルクセーキを描いた。〔滋養のミルクセーキ〕〔シベリヤは、シベリヤ住人も喜んで食べるであろう。口内、甘みの祝福のごとし〕〔ミルクホールは楽し〕

＊

写真伝習所に行く途中、銀は京一郎の背中を見つけたので、周りに誰もいないのを確認して「おーい京一郎」と呼んだ。

「なんだい、お銀か」と言いつつ隣を歩く。

「京一郎は実務科だから、進度も早いだろう、今日から本科生は、解剖学に代わって色彩学を新しくやるそうだ。どうだった、難しかったか？」

京一郎は、しばらく銀の顔を見て黙っている。

そこへシズと基美も「おはよう」と合流した。

「そうだな……色彩学自体は、そう難しくはないが、対応する英語の綴《つづ》りと発音を覚えなければならないのが少々厄介だ。試験もあるが、それほどひねった問題ではなかった。暗記だけでいい」

じゃあ、と京一郎が実務科のほうに行きながら、一度、ちらりとこちらを振り返った。

基美が、こほんこほんと軽い咳をする。

「そうか、今日から色彩学ね。河村先生だっけ」「そうそう」「きちんと覚えられるかなあ……」

学習過程の解剖学を少しはしょって、色彩学が科目に新たに組み込まれたのだった。とはいえ、時間にしてみれば数時間のみで、どちらかと言えば、教養科目のような扱いとなるらしい。

「でも色彩学なんて、写真撮影には関係ないだろうに、何のためにやるんだろう……」などと、銀も不思議そうに言う。

いた。

　写真師の仕事は綺麗に写真を撮ることで、色彩は別の技師（元、錦絵の摺《す》り師など）が、まったく独立して担当することになっていた。写真師が色も塗るということは通常、行わない。錦絵も、絵師が原画を描き、彫り師が木製の板を彫り、摺り師が顔料で紙に摺るという、完全な分業制がとられていた、それの名残かどうなのか、写真もまた、同じように、完全な分業制がとられていた。

　なので、色彩学など要《い》らないのでは、と学生の皆が思っていたのだ。

　河村先生は色彩学の授業の最初に、こう言った。

「今まで白黒だった写真が、今後、カラー写真――色合いが、見たまま写るという総天然色《カラー》写真――に変わる可能性がでてきました。リュミエール兄弟という、フランス人の発明家は、ずっと天然色写真というものを研究し続けてきました。一九〇〇年パリ万博で紹介された、リュミエール兄弟の天然色写真技法は、驚きを持って世界中に受け入れられましたが、その方法がとても難解だったために、高い技術がなければとうてい実現しないものでした。

　このたび、リュミエール兄弟が新たな手法を開発し、発表するのではないかと言われています。その方法を使えば、いつか、写真を総天然色で撮る時代がやってくるのでは、と予想されます」

銀はそれを聞いてわくわくした。写真と言えば当然、白と黒だが、バナナの黄色も、あのアイスクリイムソーダの色も、美しいまま、見たままに写真に写せる日がやって来るのかもしれない。

河村先生は三つの色の丸が、すこしずつ重なっている、大きな紙を黒板に貼った。その横に、虹のように、いろいろな色で色分けされた丸がたくさん描かれている紙を貼った。各色の名が、英語で書いてある。

「この中から将来、海外で仕事をする者も出てくるかもしれません、色の名前と綴りはしっかり覚えておくように。では色の三属性から説明しましょう、まず最初は色相――」

河村先生の声がだんだん遠くなっていく。

銀は、教卓に貼られた様々な色をただ、じっと眺めていた。基美が、帳面も取らずにぼうっと前を向いている銀に、「どうしたの？」と小さくいう。「基美ちゃん、あの一番上の、色の円なんだけど……」「なに」「ちょっとおかしくない？　色が足りないよ」「え、そうかしら。ちゃんとあるわよ？」などと言っていたら「注目」

と河村先生に叱られた。

銀はそれでも、前の色の円を眺め続けていた。

「では色の名を覚えるように。ペール、は薄い、と覚えるように。繰り返すこと、ペールイエロー」「ペールイエロー」「ペールイエローグリーン」「ペールイエローグリーン……」

銀は、がたん、と椅子を鳴らすと、そのまま扉のところで会釈して、走り出てしまった。「夏山さん、どうした？」

河村先生が声をかけてもお構いなしだ。「ご不浄じゃないですか」などと誰かが言って、どっと笑い声がする。

シズが「え、お銀ちゃんどうしたの」と言っても、基美もわからず「どうしたのかしら。お銀ちゃんお腹の調子でも悪いのかな……」と心配した。もしも普段の銀なら「ちょっとお手洗いに失礼」と、堂々と言って出るはずなのだが、あんな風に走り去るなんて銀らしくもない。シズも基美もへんに思った。昼休みになっても帰ってこない。

お昼に京一郎が来て「お銀は」と小さく聞いた。「それが、講義の途中で何か急に走って行っちゃって。あのお銀ちゃんが、お昼のお弁当もそのままなの。こんなことって、あまりないことだから」と基美が言った。

そうか、と京一郎が頷く。

京一郎は、学外に出て豆大福を十個くらい買うと、ぶらぶら歩いて伝習所の裏手に出た。【写真よろづ相談所】として使っている、物置の扉が半開きになっている。

銀がいた。

膝を抱えて、うずくまるように座っている。

「おい、お銀、ここに、それはそれは美味そうな豆大福があるんだが、食わないか」

京一郎がそう言っても、銀は頭を膝小僧《ひざこぞう》のところにやったまま、力なく左右に振った。

「俺がみんな喰っちまうぞ」

それでも銀は「おなか、すいてない……」と呟くように言った。

しばらくそのまま黙っている。

「……………京一郎、わたしはもう駄目だ。もう写真師にはなれないし、洋行も無理だ。わたしはもう、ここからどこへも行けぬのだ。どれほど勉強をしても、研鑽《けんさん》しても無理なものは無理なのだと、今、わかった。すべては無駄だった」

「何言ってるんだ、お銀、大丈夫だ」

「京一郎にはわからない。わたしは、もうだめだ」

「――うす桃色と、薄い青が、わからなかったからか」

京一郎が言うと、銀が顔を少し上げて「どうしてそれを」と言った。

「お前が浅草で彩色の手伝いをしていたとき。見本は昼間の桜並木だったが、お前の塗ったのは、夕日の空と薄青の桜だったからだ」

しばらく、銀はじっと京一郎の顔を眺めていた。

「思えばお銀は、凮月堂のシュークリイムの時も〝青い看板〟って言ってたしな」

「京一郎……なぜ、黙っていた」

それには答えず、京一郎は続けた。「俺の家は錦絵の摺り師――とはいえ下請けだ、俺の父親はそれを昔からやっていて、一時は職人を何人も抱えていた。その中の職人に、顔料の色をたまに間違えるものがいた。ある特定の薄い色だけで、区別がつかない色があるとわかった。うす桃色と、薄い青だ」

銀はうなだれる。

絵のほうに進まずに写真をやりたいと父親に言ったときも、父親は反対しなかった。今思えば、どこかほっとしたようでもあった。絵なら印刷で色を扱うことはあっても、白と黒だけの世界である写真ならば、と思ったのかもしれない。

このまま、知らなければよかったのだ。

「……その人、どうしたの。工房は、お払い箱になったの」

「その他の色はよく見えて、腕も良かったから、苦手な色は、他の人間が、色が合っているかを確認してから、摺った」

「そうか……でも……わたしは……」

京一郎がふうっと息を吐く。

「お前な、リミュエール兄弟の開発した方法って、どんなものか知ってるのか。俺は鈴木先生に直談判して、無理言って最新の資料を取り寄せてもらったんだぞ。まずな、芋だ」

「芋？」

「ジャガイモな。その中のデンプンっていう粒みたいなのを集める。ジャガイモ切ってるときに、包丁に白いものがつくだろ、あれだ」

銀はジャガイモを思い浮かべる。たしかに白い汁のようなものがつく。

「そのジャガイモの白いデンプン粒の、大きさを揃える。小さいもの、大きいものははじいて、まあまあな大きさの、同じものばかり集める」

「ちょっと待て。集めるって、そんな、ジャガイモのデンプンの粒って、本当に小さいだろうにどうやって。砂粒よりも小さいだろう」

「知らねえよ、リミュエール兄弟に聞けよ、とりあえず顕微鏡《けんびきょう》で見ながら、白い粒を三千集める」

「三千って、そんなべらぼうな」

「それを三つに分けて、千を橙《だいだい》、次の千を緑、残りの千を紫に染めて、分ける」

「それで？」

「混ぜる」

「混ぜてどうするんだ、色がめちゃくちゃになるだろう」

「知らねえよ、リミュエール兄弟に聞けよ、その上からニスを塗って乳剤をかける」

「それで写真に色がつくのか」

「細かいところはあとから発表されるんだろうが、そうやって色分けしたジャガイモのデンプンを使うことまではわかっている。あとはカメラのほうでも色を分けて写して、橙と緑と紫の色合いを三枚分重ねるんだろう。で、お銀はジャガイモのデンプン粒をちまちま三千集めるか」

「嫌だね、芋餅にして食べる」

「だろ？　この方法は、まだまだ普及するには時間がかかる。ぜったい皆、ジャガイモは写真にしないで美味しく喰っちまう。総天然色写真の時代はきっと来るだろうが、少なくとも、今日じゃないし、明日でもないし、たぶん来年とかでもない」

そこへ、シズと基美も銀の弁当を持って「良かった、やっぱりここね」とやってきた。

ありがとう、と銀が弁当を受け取りながら、「でも、わたしには見えぬものは見えぬ。もうだめだ。写真師には、もう、なれないんだ……」と、力なくつぶやいた。

基美とシズも事情を聞いたが、「でも、河村先生も、可能性はあるけど、天然色写真は、まだまだ実験段階だから、普及はもっと後になるだろうって言ってたわよ」

「そうよ、お銀ちゃんはその分、陰影を見るのが人よりとても上手いじゃない。修正だって抜群に上手いし。先生も皆、褒めてたし」

銀は、まだ黙って沈み込んでいる。

京一郎はガサガサと豆大福の包みを鳴らして、一個を取り出した。

「おれは昼の桜も好きだが、お前の描いた夕暮れの桜も悪くなかったと思ってる。その総天然色写真とやらが、いつできるかは知らないが――お前が撮れば、いつだって俺が色くらい見てやるから」そう言って、豆大福を銀に差し出した。「これからもずっと」

シズは、京一郎の言葉を聞いて、なにやらいろいろと察したのか、何か言いたげに、口元をにやりとさせながらも黙っている。

「そうよ、お銀ちゃん。わたしたちだっているのよ。別々のところで働いたって、きっと助け合えるし、お銀ちゃんが困ったときにはいつだって駆け付ける。わたしたちは、女子写真伝習所の一期生なんだから」

基美も身を乗り出して言う。

「この大福、喰うのか喰わないのか」

「あ。じゃあ食べる」と、ひとつもらって、銀は豆大福を頰張った。「豆大福は美味い……でも色が……色は……ああ……わたしは……」

「まだ言っていやがる、二個目はどうする」

むしゃむしゃしながら手を出した。「食べる」

その様子に、少し安心する基美とシズだった。

「お銀ちゃんは、本当に色気より食い気ねえ」と言って、シズが笑うと、「色気？　食い気？　なにが？」と、本人はまったく事情がわかってない様子で、三個目の大福にも手を伸ばしている。

「ま、それじゃ皆で喰おうぜ」と京一郎が大きく包みを開いて、皆で頬張る豆大福。

部屋の隅っこには【写真よろづ相談所】の木札が立てかけてあり、奉仕活動の文字も見える。

すると「すみません」とお客が来たようなので、銀が食べかけの大福をのどにつまらせて、あわてて胸をどんどん叩いた。

「こちら、かの有名な、【写真よろづ相談所】でしょうか。実は、折り入って相談がございまして……」と、老婆が顔を出す。

「はいッ【写真よろづ相談所】、ただいま準備中でございます！　でも写真でお困りなら、なんなりとどうぞ！」銀たちは急いで立ち上がり、老婆を相談所の中へと招く――

（了）

謝辞

このたび、本作品中の写真機、写真感材等について書くにあたり、日本カメラ博物館学芸員の皆様のご協力を得て、多くの知識と示唆を頂いたことを心より感謝いたします。

〈参考文献〉

『幕末・明治の写真師列伝』森重和雄　雄山閣　二〇一九年
『写真技法と保存の知識　デジタル以前の写真―その誕生からカラーフィルムまで』ベルトラン・ラヴェドリン　青幻舎　二〇一七年
『写真館のあゆみ　日本営業写真史』社団法人日本写真文化協会　一九八九年
「明治150年カメラの夜明け」日本カメラ博物館　二〇一八年
『明治東京逸聞史1・2』森銑三　平凡社　一九六九年
『明治の東京写真　新橋・赤坂・浅草』石黒敬章　角川学芸出版　二〇一一年
『明治の東京写真　丸の内・神田・日本橋』石黒敬章　角川学芸出版　二〇一一年
『女学世界　第一集第一号』博文館　一九〇一年
『新宿高野100年史　創業90年の歩み』新宿高野　一九七五年
『東京・銀座　私の資生堂パーラー物語』菊川武幸　講談社　二〇〇二年
『銀座育ち　回想の明治・大正・昭和』小泉孝　小泉和子　朝日新聞社　一九九六年
『鷗外のマカロン　近代文学喫茶洋菓子御馳走帖』奥野響子　丸善プラネット株式会社　二〇〇六年

本書は、書き下ろし作品です。

この物語はフィクションであり、実在した人物・団体などとは一切関係ございません。

著者紹介
柊サナカ（ひいらぎ　さなか）
1974年、香川県生まれ、兵庫県育ち。日本語教師として７年間の海外勤務を経て、第11回『このミステリーがすごい!』大賞・隠し玉として、『婚活島戦記』にて2013年デビュー。著書に「谷中レトロカメラ店の謎日和」「機械式時計王子」「二丁目のガンスミス」シリーズ、『古着屋・黒猫亭のつれづれ着物事件帖』『天国からの宅配便』など。

PHP文芸文庫　お銀ちゃんの明治舶来たべもの帖

2022年７月20日　第１版第１刷

著　者　柊　サ　ナ　カ
発行者　永　田　貴　之
発行所　株式会社ＰＨＰ研究所
東京本部　〒135-8137 江東区豊洲5-6-52
第三制作部　☎03-3520-9620（編集）
普及部　☎03-3520-9630（販売）
京都本部　〒601-8411 京都市南区西九条北ノ内町11
PHP INTERFACE　https://www.php.co.jp/
組　版　朝日メディアインターナショナル株式会社
印刷所　株式会社光邦
製本所　株式会社大進堂

ISBN978-4-569-90229-6

PHP文芸文庫

第7回京都本大賞受賞の人気シリーズ

京都府警あやかし課の事件簿1〜6

天花寺さやか 著

人外を取り締まる警察組織、あやかし課。新人女性隊員・大にはある重大な秘密があって……？　不思議な縁が織りなす京都あやかしロマンシリーズ。

PHP文芸文庫

婚活食堂1～7

山口恵以子 著

名物おでんと絶品料理が並ぶ「めぐみ食堂」には、様々な恋の悩みを抱えた客が訪れて……。心もお腹も満たされるハートフルシリーズ。

PHP文芸文庫

グルメ警部の美食捜査1〜2

斎藤千輪 著

この捜査に、このディナーって必要⁉ 聞き込み中でも張り込み中でも、おいしい料理にこだわる久留米警部の活躍を描くミステリー。

PHP文芸文庫

占い日本茶カフェ「迷い猫」

標野凪 著

全国を巡る「出張占い日本茶カフェ」。その店主のお茶を飲むと、不思議と悩み事を相談してみたくなる。心が温まる連作短編ストーリー。

PHP文芸文庫

天国へのドレス

早月葬儀社被服部の奇跡

来栖千依 著

故人と遺族の願いを聴いて、人生最期に着る服を作る――フューネラルデザイナーの女性と葬儀社の青年が贈る、優しい別れの物語。

PHP文芸文庫

風神館の殺人

石持浅海 著

ある復讐のために高原の施設に集まった十人の中の一人が殺された。犯人の正体と目的が掴めぬ中、第二の殺人が！　長編密室ミステリ。

PHP文芸文庫

満鉄探偵

欧亜急行の殺人

山本巧次 著

走行中の満鉄車内で殺人が！ 松岡洋右に命じられた事件を追い、車内に居合わせた満鉄の秘密探偵・詫間が謎を解く。文庫書き下ろし。